KB251945

세렌디피티

요기 허 장편소설

세렌디피티

serendipity

아프로스
◎미디어

목차

일러두기

※ 본 작품에 나오는 일부 설정은 작가에 의해 가공된 것임을 밝힙니다.

※ 전화 등 기계에서 나오는 대사는 [ ]로, 문자 등의 내용은 돋움체로 구분했습니다.

I. 동만의 실종

1. 미영

그녀는 어디에 있는 걸까?

생각에 잠겨 있는데 갑자기 뒤통수에 인기척이 느껴졌다. 화
들짝 놀라 뒤를 돌아보았다. 아무것도 없었다. 다시 고개를 앞으
로 돌렸을 때는 무언가가 내게 동만이 영원히 가 버린 거라 말하
고 있었다.

세 시간 전.

"동만 선생님, 내담자분 기다리시는데요."

난 대기실에 앉아 있는 편 여사의 눈치를 봤다. 몇 번이고 전화하다가 그녀의 사무실 문을 두드리며 부르기 시작한 참이었다. 지난 3년 동안 단 한 번도 내담자와의 약속에 늦는 것을 본 적이 없었기에 이상한 일이라고 생각했다. 심동만. 현재 일하고 있는 S병원에서의 10년을 포함하여 20년 가까이 되는 경력의 임상 심리 전문가. 난 그녀의 수련생이다.

"쌤, 편 여사님 기다리신다고요!"

결국 손잡이를 돌려 봤는데 문이 그냥 열렸고, 그 뒤로 깔끔히 정리된 책상이 보였다. 이상하다. 책상이 너무 깨끗하다. 서류부터 문구류까지 나와 돌아다니는 그것 없이 모두 완벽하게 수납되어 있다. 화초 이파리들 위를 보면 먼지 한 톨 없이 닦여 있다. 그녀의 전신 거울에 비친 내 모습이 어색하다. 사무실이 아예 새로운 주인을 기다리기 시작한 느낌이다. 뭔가 잘못되었다는 생각에 난 편 여사에게 양해를 구하고 상담사 실장의 방으로 달려갔다. 그녀는 막 출근한 참이었다.

"그래요? 참 이상한 일이네. 다른 연락처는 시도해 봤나요?"

휴대폰은 이미 여러 차례 시도했으므로 실장은 집으로 전화를 걸었다. 하지만 역시 답이 없었다. 우리 모두 동만이 지난 몇 년간 불면에 시달려 왔고 수면제를 사용하고 있음을 알기에 어쩌면 약기운에 아직 자고 있을지도 모른다고 생각했다. 편 여사와 다른 내담자들에게 적당히 둘러대고 예약 날짜를 바꾸거나 다른 상담사를 배정해 주고 나니 9시 반이 넘었다. 그리고 10시가 넘자 슬슬 걱정되기 시작했다. 실장은 동만의 전남편에게까지 전화를 걸었지만, 그는 그녀와 마지막으로 통화한 게 몇 년 전인지 기억도 나지 않는다며 냉랭한 반응을 보였다. 더 전화해 볼 곳도 없었다.

결국 실장은 병원 보안실에 연락했다. 보안실장은 우선 전날 CCTV 녹화본을 검토했다. 화면에는 저녁 8시경 사무실을 나서는 동만의 모습이 잡혀 있었다. 그 시각 나를 포함한 심리 상담 센터의 다른 직원들은 병원 부근 중국집에서 회식 중이었기에 아무도 그 상황을 몰랐다. 동만은 내성적인 타입으로 모임을 그다지 즐기지 않았다. 실장은 일곱 살 연상인 그녀가 회식에 잘 나오지 않는 것을 눈감아 줬다. 병원 외부 카메라에는 그녀가 평소대로 귀가를 위해 폐선 철로를 공원화한 산책로 쪽으로 향하는 모습이 포착되었다.

"미영 쌤, 동만 쌤 집에 가 본 적 있어?"

아니라고 답하며 그녀를 그렇게 따랐음에도 집조차 가 본 적이 없었음을 불현듯 깨달았다. 실장은 찾아가 봐 달라며 주소를 알려 줬다.

병원에서 산책로를 따라 도보 30분, 차로 10분 거리에 있는 동만의 집은 새 아파트였다. 서울에서 300km 이상 남쪽인 P시는 겨울에도 좀처럼 기온이 영하로 떨어지지 않는 따뜻한 곳이었지만 그날따라 춥고 우중충했다.

아파트 현관에서 집 호수를 누르고 호출했다. 무반응. 차라리 동만이 집에 없었으면 하는 마음이 들었다. 그렇지 않다면 수면제 과다 복용에서부터 강도 같은 범죄의 피해까지 불유쾌한 가능성이 펼쳐지니까. 끝내 반응은 없었다. 나는 '경비실'과 '호출' 버튼을 눌렀고, 아무런 질문 없이 현관문이 열렸다.

그녀의 집은 17층. 초인종을 눌렀지만 당연히 답은 없었다. 그냥 돌아갈까 하다가 혹시나 싶어 문손잡이를 돌려 봤다. 사무실에서와 달리 열리지 않았다. 주위를 한번 둘러본 뒤 도어 록 숫자판을 활성화했다. 몇 자리인지 모르면서도 생일과 전화번호부터 먼저 시도했다. 틀렸다고 삑삑거리는 소리. 갑자기 얼마 전 알게 된 그녀의 폰 비밀번호 여섯 자리가 생각났다. 삐리릭. 문이 열렸다.

뭔가 흉한 걸 보게 되는 건 아닐까? 실체 없는 두려움에 몸을 떨며 현관에 발을 들여놓고 구두를 벗었다. 사무실에서처럼 물컵 하나 함부로 돌아다니는 물건 없고, 바닥과 모든 가구가 반복적으로 닦인 듯 반들반들했다. 눈앞은 거실이었고, 창 앞으로 다가가자 밖에는 P시의 전경이 펼쳐져 있었다.

그 옆 3인용 소파와 마주한 벽면은 책으로 가득했다. 잠깐 앉아 봤다. 맨살에 닿는 가죽의 느낌이 놀랄 만큼 부드러웠다. 애들러, 라캉은 알겠는데 렘마는 누구고 뉘크러크는 누구일까? 'Annual Review of Clinical Psychology', 'Clinical Psycology Review', 'Journal of Consulting & Clinical Psychology.' 병원 도서관에 비치된 학술 저널들이지만 거기서 볼 수 없는 과월호들까지 정갈하게 정리되어 있었다.

6열 4단 정도로 정리된 책들은 그 수보다도 모두 주인에 의해 적어도 부분적으로는 읽힌 흔적이 있다는 점에서 놀라웠다. 휴이 바우먼(Huey Bowman)의 '디 에세이(The Essay)'가 눈에 들어왔다. 임상심리학자? 핸드백 안에 들어갈 만큼 작지만 문고판보다는 크고, 무엇보다 짙은 대추색의 심플한 표지와 백 페이지 남짓한 얇은 두께가 마음에 들었다. 뭔가에 홀린 듯 나는 그 책을 마치 내 것인 양 백 안에 넣었다.

거실 창문 맞은편으로는 작은 식탁과 부엌이 있는데, 두 개의

식탁 의자는 거실의 소파와 같은 유럽 브랜드인 것 같았다. 하나에 수백만 원이 넘을 텐데. 신혼살림으로 장만했다기에는 너무 관리가 잘되어 있었다. 주방에는 냄비, 프라이팬, 칼, 접시, 컵 등 기본적인 도구와 식기를 제외하고는 전자레인지나 블렌더조차 없었다. 다만 있는 것은 모두 유럽이나 일본의 명품 브랜드들이었다. 집도 주인처럼 겉보기에는 소박하고 겸손하지만, 이면에는 사치와 자부심이 숨어 있는 것 같았다. 누군가 내 공간을 이렇게 돌아본다면 뭐라고 평가할까? 좁은 데 반해 좋은 물건은 꽤 많아. 하지만 주인이 잘 쓰지 않거나 쓰는 방법을 모르는 것 같아.

오른편으로는 입구가 현관을 향해 있는 침실이 있었다. 왜인지 모르겠지만 그녀의 시체라도 발견하게 되는 건 아닌지 불길함을 느끼며 침실문을 열었다. 하지만 아무도 잔 적이 없는 듯 완벽하게 정리된 침대. 그녀는 어디에 있는 걸까? 설마?

병원으로 돌아와 보고하자 실장은 내게 차를 권하며 물었다.
"최근 동만 쌤 언행에 이상한 점은 없었나요?"
난 좀 생각해 보다가 없었던 것 같다고 답했다. 차를 마시는 내내 그녀는 말을 바꿔 가며 몇 번이고 정말이냐고 확인하더니 입을 다물었다. 1~2분 어색한 침묵이 흐르다가 보안실에서 전화가 걸려 왔고, 난 말없이 일어났다. "실종 신고요?" 등 뒤로 난감해하는 그녀의 음성이 들렸다.

매일 반복되는 삶. 오전에는 특별한 내담자를 제외하곤 상담을 안 하고 주로 검사만 한다. 종합 심리 검사, 부모용 아동 인성 검사, 주 양육자용 - 부 양육자용 양식들. 구내식당에서 점심, 오후에는 퇴근 시까지 상담, 그리고 슈퍼비전(때로는 프리슈비(Pre-supervision)). 가끔 산책도 하고 커피도 마시고 맛집에도 가지만 대부분 비슷한 하루. 같이 지내는 시간 동안 아파서 못 나오는 날을 제외하고는 거른 적이 없는 일과이다. 평소보다 말이 좀 많았나? 없었나? 자기 자신에 관한 이야기는 어차피 별로 없는 사람. 표정은 어두웠나, 밝았나? 갑자기 최근 나눴던 이야기, 아니 바로 어제의 대화까지 아득히 멀게 느껴진다.

다음날 아침 실장은 나를 다시 자신의 방으로 불렀다.

"동만 쌤 평소에 훌쩍 떠나고 싶다든가 했던 적 정말 없어요?"

그랬을 수도 그렇지 않았을 수도. 가물가물하다.

"말씀드렸지만, 이상하게 느껴지는 언동은 없으셨어요. 주로 내담자, 가끔 낚시, 바다, 맛집 이야기가 다였으니까요."

실장은 내 얼굴을 물끄러미 본 뒤 한숨을 쉬며 말을 이어 갔다. 갑자기 속삭이는 바람에 그녀 쪽으로 상체를 기울일 수밖에 없었다.

"보안실을 통해 경찰에 신고했는데 조금 전 연락이 왔어요. 글쎄 방콕으로 가는 비행기를 탔대요."

"방콕이요?"

시릴 만큼 눈을 크게 떴고, 실장은 그런 반응을 예상했다는 듯 말했다.

"그러니까 말이에요. 동만 쌤 그렇게 무책임한 사람인지 몰랐어. 휴가를 쓰면 내가 못 하게 할 사람도 아니고…….."

"놀러 갔다고 보시는 건가요?"

"그렇지 않기를 바라긴 해요. 사회성이 좋은 분은 아니지만 성실성과 책임감에 대해서는 의구심을 가진 적이 없었는데…….."

"무슨 사정이 있으실 거예요, 반드시."

"저, 그래서 말인데, 편 여사님한테 찾아가서 한번 물어봐 줄래요?"

편 여사는 동만에게 몇 년 동안이나 일주일에 한 시간씩 상담을 받는 특별 내담자였다. 나이는 동만보다도 20여 년 위였지만 그녀와 죽이 잘 맞는 듯했다. 편 여사만큼은 아니지만 동만 역시 그녀에게 어느 정도는 속이야기를 하고 있을 것이었다.

편 여사의 사무실은 P시에서 가장 큰 시장 상가번영회 건물 2층이었다. 항상 소박한 옷차림에 버스를 타고 다녔지만, 그 시장 반이 그녀 소유라는 말이 있었다. 옷차림만큼이나 검소한 사무실에서 그녀는 직접 종이컵에 믹스 커피를 타 왔다. 그걸 홀짝이며 조심스럽게 방콕 이야기를 꺼냈다. 그녀의 묘한 표정. 놀랍게도 놀라움의 그것이 아니었다.

"글마 참말로 거길 간 모양이네. 얘기도 안 하고……."

"여사님, 이미 알고 계셨던 거예요?"

"사실 말이다. 며칠 전에 글마가 내한테 집 등기필, 위임장, 인감까지 가 와서 맡기고는 그걸 담보로 돈을 빌려 달라카는 기라."

"네에?"

달콤하고 뜨거운 커피 몇 방울이 기도로 넘어갔다. 칵칵거리고 있을 때 들려온 다음 이야기는 더욱 놀라웠다.

"그게 금액이 쫌 크다 아이가. 50만 불. 첨엔 그 돈을 달러로 바꿔가 가방에 옇고 비행기를 타겠다 안 카나? 내 참 기가 막히가……."

벌린 입을 다물지 못하고 있다가 이내 추스르고 물었다.

"그렇게 큰돈이 왜 필요하셨을까요?"

"낸들 아나? 다만 내 생각엔……."

그녀는 엷게 웃음기를 띤 눈빛으로 말했다.

"뭔가 머시마랑 상관이 있는 긋다."

"남자요? 설마……."

"지난 몇 달 동안 볼 만했그등. 내한테만 보였는지 모르겠다만 여러모로 바뀐 게 한두 가지가 아이더라 이 말이야. 니는 맨날 같이 있는데 모르겠드나?"

난 고개를 저었다. 그녀는 혀를 차더니 계속해서 말했다.

"원래 그런 아가 아인데 살도 좀 빠진 거 같고, 옷차림도 달라지고, 화장도 짙어지고…… 무엇보다 표정이 밝아졌다 아이가. 괜히 실실 웃고."

자신이 금융업 비슷한 일도 하는 건 맞는데 그런 식으로 큰돈을 마련해 줬던 건 이자가 탐나서가 아니었다고 했다. 남편이 갑자기 죽고 자식들끼리는 벌써 자신의 재산을 놓고 싸움이 벌어지고…… 의미 없어진 삶에 매주 그녀와 이야기 나누는 한 시간이 자신을 지탱해 왔다는 것이다. 그래서 돈 신경 쓰지 말고 무조건 돌아만 오라고 하면서 해 줬다고 했다. 상담 중에 수시로 돈이고 새끼고 다 내던지고 훌훌 떠나 버리고 싶다고 이야기하던 장본인이라 어느 정도는 모든 걸 내려놓고 몸을 던지는 동만의 모습에 대리 만족도 느꼈을지 모른다. 50만 불이라고? 잠시 뭘 해야 할까, 생각하다가 말했다.

"여사님, 한 가지만 부탁드릴게요. 지금 저한테 하신 말씀 절대 아무한테도 얘기하시면 안 돼요. 이거 알려지면 동만 선생님 앞으로 상담 못 하세요."

그녀는 무슨 말인지 아는 듯 무겁게 고개를 끄덕였다. 시장을 나오면서 실장에게 전화했다. 편 여사도 영문을 모르고 있더라는 이야기와 함께 아무래도 동만을 찾으러 가야겠다고 했다.

[어디를 간다는 거예요?]

"태국이요."

[뭐라고요?]

"실장님, 저 휴가 좀 쓰겠습니다. 아시지만 저한테는 큰언니 같은 분이잖아요."

펄쩍 뛰며 말리려는 그녀를 무시하고 전화를 끊어 버렸다. 그리고 한 데이팅 앱을 열어서 수신된 메시지를 스크롤하기 시작했다. 그중 하나, 'Hi, my name is Chuck. I'd like to share……'로 시작되는 메시지에 아래와 같이 짧게 답했다.

It is on the way.

2. 동만

1년 전

나는 외롭고 아프고 고프고 마렵다.

난 스틸씨병(Still's Disease) 환자다. 처음엔 피부병인 줄 알았고, 좀 지나선 간염이라 생각했다. 10대 중반부터 발열에 온몸 통증, 흉한 붉은색 발진이 있었는데, 서울의 5대 종합병원에서 진단 결과가 다 달랐다. 이름조차 생소한 스틸씨병임을 알게 된 것은 P시에 와서 같은 문제로 고통받다가 우울증을 앓고 있는 환자를 알게 되면서였다.

내 몸의 면역 세포가 나를 공격하여 생긴다는 이 병은 사람에 따라서는 18~35세 사이에 발병하여 일정 기간 후 자연 치유되는 경우도 있다는데 내 경우엔 불규칙하게 3~5주, 때로는 8주, 또 때로는 1주에 며칠씩 증상이 나타나는 기간이 무려 30년을 넘어 이제 일상이 되었다. 나이 들수록 통증 발현의 주기는 왠지 짧아지고 있는 듯하다. 지금도 이틀째 일도 못 하고 집에 누워 있다.

이토록 통증이 심한 게 흔한 일은 아닌데, 일단 상황이 이렇게 되면 주변에 사람이 없다는 게 병을 더 악화시키는 것 같다. 전화 한 통 할 사람도 걸어 줄 사람도 없다. 사실 내 삶에 이렇게 큰 구멍이 느껴졌던 건 이혼하기 좀 전부터였다. 어쩌면 그래서 떠나야 했던 건지도.

내 삶이 싫은 건 아니다. 내담자들과의 만남, 일터로 가는 산책길, 편 여사와 이야기 나누는 일, 미영과 맛집 찾아다니기……. 좋아하는 일상들도 있다. 하지만 물러가지 않는 통증 때문일까? 아니면 외로움 때문일까? 이대로 머문다면 삶은 매 순간 조금씩 나빠지기만 할 것이 뻔하다는 생각이 든다.

주변에서는 일부러라도 사람들을 좀 만나 보라고 한다. 그러면서 또 누군가 소개를 해 주거나 하는 건 아니다. 같이 교회에 가자고 하는 건 이미 질렸다. 동료들이 싫은 건 아니지만 일과 후에 오랜 시간을 어울릴 만큼 좋은 것도 아니다. 특히 회식은 끔찍하게 지루하다. 간혹 개인적인 만남을 기대하는 내담자들도 있고 또 내가 어느 정도 감정을 느끼지 않는 것도 아닌데, 선뜻 나서지는 못한다. 아무래도 연민을 호감으로 착각하는 것 같기 때문이다. 내가 내담자한테, 또 그가 나한테.

때때로 P시는 나 같은 사람들에게 최악의 도시라는 생각을 한다. 10년 전 이곳에서 일하기로 결심했을 때는 안정감과 한가함이 좋았지만 이젠 가끔 지긋지긋하다. 100만 명 이상이 살 수 있는 인프라를 갖추고 있지만 나 한 사람의 욕망도 충족시키지 못하는 이 도시에는 만도 있고 곶도 있고 해변도, 산도, 계곡도 있지만 그 어디에도 마음을 나눌 사람은 없다.

차라리 미영 쌤이 추천하는 데이팅 앱이나 한번 해 볼까…….

"뭐가 그렇게 재밌어?"

"이게요, 21세기 남녀들이 인연을 찾는 방식이라고요."

"너무 거창하게 말하는 거 아냐? 뒤에서 보니까 그냥 남자들 사진 훅훅 넘기는 것 같던데…….”

"선생님도 한번 해 보실래요?"

"에이, 무슨. 이 나이에 망측하게."

"아니에요. 할머니, 할아버지들도 많이 하세요. 물론 아직 우리나라 사람들은 많지 않지만, 점점 늘어나는 추세라고요. 선생님 폰 줘 보세요."

미영은 빼앗듯 내 전화기를 가져가 앱스토어에서 뭔가를 내려받았다. 잘 이해할 수 없는 몇 가지 설정을 마친 뒤 돌려줬을 때는 앙증맞은 모양의 심볼이 다른 앱들 사이에 박혀 있었다.

최근 꽤 심각하게 고민해 보고 있었는데, 이렇게 당장 죽을 것 같이 아픈 밤이야말로 고민을 행동으로 옮길 바로 그 시각이 아닐까? 데이팅 앱의 존재에 대해서는 상당히 오래전부터 알고 있었다. 내 내담자들의 상당수가 온라인 만남으로 인한 문제로 상담을 원했었기 때문인데, 프로필을 작성할 때 드는 열등감과 자괴감, 상대방을 만났을 때의 실망감, 관계가 형성된 후 드러나는 여러 가지 사실에 따른 배신감에 고통받았었다. 대체 이 사람들은 왜 그렇지 않아도 힘든 삶을 스스로 지옥으로 만들어 가는 거지 하면서 의아했었는데, 이젠 그 빌어먹을 앱이 마지막 선택지가 아닌가 하는 생각이 든다.

'세렌디피티(serendipity).'

앱을 여는 것이 자위기구를 사는 일처럼 부끄럽고 망설여진다. 어쩌면 노골적으로 발정 난 남녀들이 서로의 욕구를 충족하기 위해 활용하는 플랫폼에 운명적인 로맨스를 암시하는 이름을 지어 붙인 것도 역설적이고. 하지만 전 세계적으로 수억 명이 이용하는 앱이라니 이왕 21세기 문명의 신세를 질 바에야 성공의 확률을 높이는 것이 맞다는 생각까지 든다.

프로필 등록하는 데 시간이 오래 걸린다. 그냥 나를 있는 그대로 드러내 볼까도 생각해 봤지만 역시 너무 위험하다. 수억 명 회원 중에 한국인들도 꽤 있을 거고, 그 안에 우리 병원 사람들도 몇몇 끼어 있을 것이므로. 특히 원무과의 ㅇ과장이라면? 너무 싫다.

우선 나이와 몸무게에서 10을 빼고 키에는 그만큼 더한다. 직업은 의사, 취미는 그냥 사실대로 밀덕이라 쓸까? 다른 여자들은 인스타에서 연예인이나 인플루언서들을 팔로우하면서 럭셔리 라이프스타일을 탐구할 때, 반백 살이 다 된 아줌마가 '플래툰' 같은 잡지를 모으고 '씰팀(Seal Team)' 시리즈에 열광하며, 국방TV의 다큐나 '히콕45'의 총기 유튜브를 구독한다는 게 나 자신은 괜찮다고 생각하지만, 상대방은 어떨까? 더욱이 언젠가 내가 총, 특히 AK47 같은 투박한 소총을 좋아하는 이유를 설명해야 하는 상황이 되면 더 곤란해질 수도 있다.

군인이었던 아빠를 사랑했기에 항상 '그 세계'를 동경해 왔다. 좋아하는 콘텐츠도 '가짜사나이', '강철부대'. 게임도 '레인보우 식스', '콜 오브 듀티' 같은 것만 한다. 시간만 나면 실탄 사격장에 간다, 서바이벌 게임을 한다, 또는 좀 더 철학적으로 생존을 위해 적에게 총을 쏘는 것보다 철저하게 위선이 배제된 행위가 어디 있겠는가? 따위의 이야기를 하면 한껏 올라왔던 로맨틱한 감정이 사그라들 것임이 틀림없다.

역시 서핑이 낫겠다. 집에서 차로 30분 거리에 있는 해변에 나가면 제법 찬 바람이 부는 계절에도 꾸준히 파도를 타는 남녀들이 있다. 그들을 보면서 때때로 작은 서프보드에 몸을 맡기고 집채만 한 파도에 맞서 분연히 일어나는 내 모습을 상상하곤 한다. 그래, 나라도 선탠 의자에서 노안으로 안 보여 얼굴을 찡그리며 총기 사진을 탐닉하는 허여멀건 뚱땡이보다는 서프보드 위 구릿빛 비키니녀를 택할 거야.

작지만 스타일리시한 최신형 아파트 - 자가, 여자들은 잘 안 타는 투박하고 군용차스러운 독일제 SUV, 연 수입 10억. 잘나가는 신경정신과 전문의란 그런 거니까. 거의 다 완성했는데 사진이 문제다. 이제 한국의 연예인들도 케이팝이다 뭐다 해서 외국에 많이 알려져 배우나 가수의 이미지를 사용하는 건 위험하다. 내 20년 전 사진? 아니야, 아니고말고.

그러다가 아이디어가 떠오른다. 사진 앱을 열어 얼마 전 병원 앞 산책로에서 쌤들과 같이 찍은 사진을 찾는다. 조심스럽게 손가락을 놀려 미영 쌤의 이미지만을 복사한다. 타이트한 청바지에 짙은 회색 터틀넥 스웨터를 가운 밑에 받쳐입은 그녀의 모습은 적당히 자연스럽고, 의도한 나이보다 다소 어리긴 하지만, 조금 전까지 내가 작성한 프로필에 가깝다.

살면서 누군가가 부럽거나 했던 적이 있었나? 사진을 고르기 전까지 만들어 낸 프로필이 실제 인물이라 해도 부러울 것 같지는 않았는데 막상 그녀의 젊음이 탐난다. 본인은 가지고 싶은 것도 하고 싶은 것도 많아 항상 부족함이 있고 채워지지 않는다는데, 그런 결핍조차 그맘때의 특권처럼 느껴진다.

대화명은 SD Mann. 내 이름같이 보이지 않는다. 살짝 웃음이 난다. 어느새 내가 아프다는 것조차 잊고 있다. 완성하고 나니 자정이 넘었다. 기분 좋은 피로감과 함께 얼마나 많은 사람들이 반응을 보일지 벌써부터 기대가 된다.

아침에 눈을 뜨자마자 휴대폰 모니터를 눈앞에 갖다 댔다가 멀찌감치 거리를 둔다. 노안이 온 지 이미 10년, 아직도 뭔가 안 보이면 습관적으로 가까이 가져온다. 읽어야 할 메시지가 50통이 넘는다. 어제까지는 관절 통증과 발열이 내가 살아 있다는 증거였는데 하룻밤 사이에 전 세계에서 나와 이야기를 나누고 싶어 하는 남녀 50명이 생겨난 것이다.

난 누운 채로 메시지들을 읽는다. 'Hello, there?', '사진 좀 더 보여 줄 수 있나요?', '오늘 밤에 같이 산책하실래요?' 너무

긴 글들은 그냥 무시한다. 뭔가 단체에 가입하라거나 말도 안 되는 증권을 사라고 하거나 아무튼 보나 마나 사기 치는 글들이다. 대체 어떤 바보 같은 인간들이 그런 글들을 읽고 혹한단 말인가? 21세기에.

짧은 글들만 한번 주욱 봤는데 벌써 출근 시간 30분 전. 난 얼굴에 물칠도 못 하고 어제 입었던 옷을 그대로 걸치고 뛰어나간다. 난 심리 상담 센터 최고참이고 다른 쌤들에게 모범을 보여야 한다. 그리고 내담자들이 기다린다.

*

"몸캠이요?"

내 질문에 내담자는 수줍게 고개를 끄떡한다. 비쩍 마르고 왜소한 체격에 섬세한 손을 가진 20대 P공대 신입생. 좌승훈이 그의 이름이다. 고 3 때부터 텔레그램의 한 방을 통해 음란 채팅에 빠지게 되었다. 한번은 상대 여성이 상체를 드러낸 사진을 보냈고 그도 충동적으로 알몸 사진을 보냈는데 그런 식의 이미지 교환이 몇 차례 이루어진 후에 경계심이 느슨해졌던 것 같다. 급기야 자위행위를 라이브로 보여 주기까지 했는데 상대방이 그 영상을 몰래 녹화한 후 부모님과 학교에, 심지어 전 세계에 유출하겠다며 돈을 요구하기 시작했다.

"여기서 저한테 처음 이야기하시는 건가요?"

내 질문에 승훈은 다시 고개를 끄떡한다. 원래 흰 얼굴의 소유자일 텐데 수심 때문일까? 거뭇해 보인다. 떨리는 오른손을 왼손으로 잡고 있는데 손목에 색실을 꼬아서 만든 팔찌가 표정과 대비되어 슬프게 느껴진다.

"이야기해 줘서 고마워요. 여기까지 오는 데 큰 용기가 필요했을 텐데……. 그 일을 겪으면서 승훈 씨가 느꼈던 지배적인 감정은 무엇이었을까요?"

"처음엔 믿기 어려웠어요. 장난치지 말라고 했더니 그 사람이 부모님께 보낼 초안이라며 그 동영상이 첨부되어 있는 메일 내용 초안을 보여 주더군요. 한글로요. 그걸 보고 어안이 벙벙하기도 하고 등골이 오싹했어요. 저희 부모님, 특히 엄마는 항상 저한테 미안해하시거든요. 한창 공부할 때 일 때문에 신경도 못 써 줬다고. 그리고 사방에 저 착하다고 평소에 얼마나 자랑을 하고 다니시는지. 말썽도 안 부리고 자기 일 알아서 척척. 저 때문에 모자간에 싸웠다는 이야기도 여러 번 들었어요. '왜 너는 승훈이처럼 못 하냐.'라고. 엄마가 너무 놀라고 실망하실 것 같았어요.

그냥 이사 가 버리는 정도로 되면 모르겠는데…… 심장마비라도 일으키시면 어떻게 해요? 그 후로는 기존에 알던 사람들과 만나는 것조차 두려워져 집 안에만 틀어박혀 있어요. 수업도 온라인으로 듣고…….”

나는 티 백으로 메밀 차 두 잔을 만든 뒤 하나는 그의 앞에 놓아 주고 하나는 내 앞에 놓는다. 목이 타는 것은 승훈일 텐데 마시는 건 나다.

“저한테 처음 이야기하는 거라 하긴 했는데 주변에 누군가 도움을 줄 사람이 없었나요?”

“그게 가까우면 가까운 사람일수록 더 얘기 못 하겠더라고요. 친구나 친척이나, 특히 부모님, 제 이야기를 듣고 실망한 얼굴을 볼 생각을 하니 차라리 죽는 게 낫겠다 싶었어요.”

난 승훈에게 차를 마시라고 권하고, 그는 아직 식지도 않은 차를 단숨에 다 마셔 버린다.

“애당초 왜 1:1 채팅에 관심을 가지게 되었던 걸까요? 몸을 드러내는 것도요.”

“모르겠어요. 야동은 원래 좋아했어요. 언제 어떻게 시작된 건지 기억은 가물가물하지만 중학생이 되고 나서부터는 하루에도 몇 번씩 ‘그런 것’을 보고 있더라고요. 고등학교 때부터는 별풍선 같은 거 쏴 주면 몸을 보여 주거나 유사 성행위를 하는 유료 플랫폼에 가입했는데……."

"좀 어땠어요? 입시 때문에 스트레스가 많을 때잖아요."

"놀다 보면 몇 시간씩 지나 있었어요. 써 버린 돈도 돈이고, 끝나면 너무 허무하더라고요. 부모님한테도 미안하고. 나 자신이 너무 한심했어요."

한때 음란물을 끊기도 했다. 그렇게 1년 넘게 잘 유지를 하다가 고 3 첫 모의 수능을 망하고 나서 다시 말초적 쾌락을 찾기 시작했다.

"그 별풍선도 질리더라고요. 그때 화면 하단에 있는 광고가 하나 눈에 들어왔어요."

음란 채팅. 승훈은 그때까지 누구와도 나눌 수 없던 자기 이야기를 하고 그걸 누군가가 들어 준다는 사실만으로 큰 흥분을 느꼈다. 때때로 자신이 지치거나 지루해하는 것 같을 때 상대방이 야한 이미지로 자극을 줬고, 승훈도 스스로를 노출시키라고 집요하게 설득했다.

"지금 생각해 보면 너무 뻔한 거였는데, 왜 그랬는지……. 이젠 부끄러워서 거울도 못 보겠어요."

"자책은 도움이 안 돼요. 중학교 때 이야기 좀 더 해 줘요."

"서울에서 P시로 갑자기 이사를 왔어요. 아버지 사업이 잘 안 되는 바람에. 엄마도 그 무렵 다시 일을 시작하셨고요. 워낙 친구가 많은 편도 아닌데 베프랑 헤어지게 되었어요. 새로 전학 간 학교에서 친구도 없고 집에 와도 혼자. 세 끼를 혼밥했어요. 할 거라고는 좋아하지도 않는 공부밖에 없었어요. 몸은 또 왜 그렇게 변화가 많은지 커지고 털 나고 안 나던 냄새도 나고. 미치겠더라고요. 화도 나고 우울하기도 하고 웃으시겠지만, 야동에서 느껴지는 사람들 간의 친밀감이 좋았어요. 낯선 사람들끼리도 막⋯⋯."

승훈이 멋쩍게 웃는다. 같이 웃어야 할지 고민하다가 그가 무안해할까 봐 나도 살짝 미소 짓는다.

"주변에 기댈 사람이 아무도 없는 저한테 손을 내미는 듯했어요."

"그렇게 상대적으로 조용히 지나갔나 봐요, 사춘기가."

"차라리 다른 애들처럼 사고도 좀 치고 그럴 걸 그랬나 보네요. 뭔가 저 혼자 해결할 수 없는 걸 끌어안고 끙끙대다가 감당할 수 없는 지경이 된 거 아닌가 하는 생각이 들어요."

고립과 소외로 인해 의지할 곳이 필요한 마음은 굳이 설명이 필요 없다. 과연 내가 도울 수 있을까? 진정 도움이 필요한 건 나 아닐까? 희귀병, 행복하지 못했던 결혼 생활, 그로 인한 결핍, 억

눌린 욕망. 시한폭탄까지는 아니라 생각했던 내 상황이 승훈으로 인해 다시 보인다. 야동 같은 일탈이 오히려 필요한 건 아닐까? 언젠가 숨이 막힘을 느낄 때는 이미 늦어 버리게 되는 건 아닐까?

정신을 차리고 보니 승훈이 의아한 표정으로 내 얼굴을 쳐다보고 있다. 말없이 혼자 생각한 시간이 너무 길었다. 난 멋쩍게 웃으며 상담사라면 누구나 해야 할 말을 한다.

"세상으로 다시 나가기 위해 같이 승훈 씨의 문제에 대해 차근차근 이야기 나눠 봐요. 필요하다면 승훈 씨에 대한 노출을 최소화하면서 경찰의 도움을 받을 수 있는 방법도 알려 드릴 수 있으니……."

*

오전 일과가 지나고 나니 50통이 더 와 있다. 하나같이 수작을 걸고 있다. 나 이런……. 대학교 3학년 때 친구들의 꾐에 빠져 홍대 앞 클럽에 갔을 때 이후 25년 만이 아닌가. 그때처럼 도도한 표정으로 메시지와 프로필 사진을 하나씩 열어 본다. 인종과 연령대는 다양하지만 하나같이 잘생긴 남녀들이 자신 있는 표정들을 짓고 있다.

두세 명 정도는 이미 아는 얼굴이다. 이드리스 엘바 - 양심도 없이 세계에서 가장 섹시한 남성의 사진을 떡하니 자기 프로필에 걸어 놓다니. 로버트 러들럼 - 지적인 남자한테 환상이 있는 여자들에게 어필하려 했던 모양인데, 본 시리즈 팬인 나한테는 어림도 없다. 더욱이 이미 돌아가신 분을.

"선생님, 뭐 재밌는 거라도 보시는 거예요? 같이 좀 봐요."

난 화들짝 놀라 전화기를 엎어 놓고 두 손으로 덮는다. 당황한 기색이 퍽 재미있는지 그녀의 웃음보가 터진다. 자기 사진이 얼마나 인기 있는지 알고서도 그렇게 웃을 수 있을까? 나도 그녀를 따라 웃는다.

"고등학교 동창 톡방인데, 왜 그 있잖아 수십 명이 떼거리로 있는……. 매일 할매톡이 수십 개씩 뜨는데 가끔 꽤 재밌는 것도 있어."

"그래요? 내용이 뭔데요?"

"음담패설. 미영 쌤 같은 미성년자가 듣기엔 넘 망측해."

"선생님도 참……. 제가 무슨?"

미영은 막냇동생 같은 수련생이고 나를 제법 잘 따른다. 그리고 어제 자정부로 사이버 공간에서 나를 잘 이끌어 주기 시작했다. 왠지 그녀의 시선이 어딘가 묻어 있는 듯한 생각이 들어, 사무실 문을 단단히 닫고 나서도 주위를 한 번 더 둘러본다.

일주일 동안 수십 명의 남자들과 온라인 대화를 나눴다. 한국에 있는 예닐곱 명에게는 내 진짜 사진도 보여 줬고, 심지어 한두 명은 P시 부근에 있는 다른 도시에서 만나기도 했다. 문제는 내가 호감을 느꼈던 남자들이 하나같이 내가 생각했던 그 사람이 아니었다는 것. 결혼 생활도 해 본 나지만. 잊어버린 걸까 아님 이번엔 다를 거라고 여전히 기대하고 있는 걸까. 아니면 설렘 자체에 한이 맺혔던 걸까?

한 명을 제외하곤 완전 거짓이거나 지나치게 부풀려진 프로필을 올린 실망스러운 개인들이었다. 단 한 명 진실한 프로필을 올렸던, 그러니까 이혼 경력이 있는 50대의 수의사는 맘에 들었는데 만남 후 상대방이 연락을 끊어 버렸다. 실망이란 나만의 특권은 아니니까.

역시 온라인상의, 온라인에서 비롯된 연애란 현명하지 못한 생각이었던 것 같다.

*

　1~2주 데이팅 앱은커녕 아예 SNS 자체를 들여다보지 않고 지내다가 다시 세렌디피티를 열게 되었던 것은 물러갔던 통증이 돌아올 무렵이었다. 거의 수백 개의 플러팅 메시지를 걷어내다가 한 이미지를 발견했고, 거기서 눈을 뗄 수가 없었다. 마치 첫눈에 반한 것처럼.

　지붕에 대포만 한 총을 이고 있는, 커다란 험비(Humvee) 앞에 흑인 둘, 현지인 하나, 그리고 백인 둘이 포즈를 잡고 있다. 내게 말을 건 남자는 자신이 그중의 누구인지 아직 이야기하지 않고 있고, 사실 난 그걸 굳이 빨리 알고 싶지도 않다. 왜냐하면 다섯 명 중에 내 맘에 꼭 드는 사람이 하나 있기 때문이다.

　무표정하게 뚫어질 듯 카메라를 응시하고 있는 그는 다섯 명 중에 가장 키가 큰데 드라마 '씰팀(Seal Team)'에 나오는 클레이 스펜서(Clay Spencer)를 많이 닮았다. 덥수룩한 수염이 소년적인 미모를 가리지 못한다. 전투복과 방탄조끼가 근육질의 몸매를 가리지 못한다. 후각으로는 땀과 싸구려 보급용 스킨로션과 화약과 먼지 냄새가 모니터를 뚫고 나온다. 청각으로는 그의 텍스트를 통해 클레이의 강인하면서도 지적인 목소리가 들려온다. 하오체로 말이다.

　〉안녕, 거기? 반갑소. 오랫동안 적이나 전우가 아닌, 또 가족이 아닌 누군

가와 이야기하고 싶었소. 당신이 거기 있어 고맙구려.

칫, 내가 누군 줄 알고? 하면서도 설레는 맘으로 답을 적어 본다.

〈 안녕하세요? 저야말로 당신을 기다려 왔어요. 이 앱의 세상에 들어와서 그 이름과 같은 일을 기대하며 많은 시간을 보냈는데 이제야 당신이 오셨네요.

얼마나 기다려야 답글을 받을 수 있을까? 하지만 곧장 울리는 알림에 앉은 자리에서 펄쩍 뛰며 놀란다.

〉 보시다시피 난 군인이오. 집을 떠나온 지 꽤 오랜 시간이 지났소.

〈 고향이 그립지 않나요?

〉 잘 모르겠소. 주기적으로 미국의 본대로 복귀해서 정비와 재훈련의 시간을 가지긴 하는데, 그럴 때면 어느덧 다시 전장으로 돌려보내 주길 바라고 있다오. 좋은 건 아닌 것 같소. 전장이야말로 나 같은 군인이 있어야 할 자리는 맞지만 인간 켄우드 브로튼(Kenwood Broughton)으로서 다른 어떤 곳에도 있을 수 없어 자꾸만 이렇게 돌아온다는 건 왠지 좀 비극적이오. 아, 케니(kenny)라고 불러 줘요.

〈 이름이 근사하네요. 무슨 유럽의 귀족 이름 같아요. 전 에스디만(S. D. Mann)이라고 하는데 친구들은 '만'이라고 불러요.

〉 흐음…… 예쁜 이름을 가졌소. 이국적이오. 한국에 '만' 씨가 있는 줄 몰랐소.

혼자 실소한다. 누구라도 내 영어 이름을 보면 케니처럼 반응할 수밖에 없을 것이다. 아주 잠깐 동안 성은 '심'이라고 설명해 볼까 하다가 단념한다. 살면서 남들이 나를 뭐라 부르는지 그다지 신경 쓰는 편이 아니다. 누가 부르느냐가 중요한 거지. 따지고 보면 '동만'이라는 이름이 어느 나라 말로 부르건 예쁘게 들릴 것 같지도 않고.

그의 한국어는 기대하기 어렵기에 내가 영어로 말한다. 번역기를 동원하면 상당히 그럴듯한 문장들을 구사할 수 있다. 영어 안 된다고 대한민국 언어 교육 탓하면 안 된다. 20여 년 만이긴 하지만 대학원 합쳐서 12년 배운 영어를 이렇게 제대로 꺼내어 쓰고 있지 않은가?

케니처럼 간단하게 내 일에 대해서 먼저 설명한다. 취미에 관해서도 이야기한다.

〈 시즌이 되면 매일 아침 일찍 서프보드를 가지고 해변으로 나가요. 한 시간. 퇴근하고도 가요. 또 한 시간. 적어도 하루에 두 시간은 그렇게 아무 생각 없이 파도를 타요.

〉 난 와이오밍 출신이라 군에 와서 바다를 처음 봤다오. 스무 살이 넘어서. 믿어지오? 그리고 지금까지 10여 년간 바다는 즐기기 위한 장소라기보다 일터에 가까웠으니……. 어쨌든 멋진 것 같소, 서핑이 하루의 일부라는 것.

〈 당신도 취미 같은 게 있어요? 24시간 내내 전투만 하는 건 아닐 거 아니에요?

〉그렇군. 생각해 본 적이 없는 것 같소. 작전 나가고 훈련하고 가끔 문서 작업, 그러고는 그냥 멍하게 있는 것 같아. 와이오밍은 한없이 한적한 곳이었소. 해 있는 동안은 일하고 어두워지면 자고. 그러다가 잠이 안 올 때면 현관 데크에 있는 벤치에 앉아 하염없이 앞을 바라봤지. 만은 도시에서 자랐겠지? 그렇게 앞만 바라보고 있어도 뭔가 계속 변화가 있었을 거요. 불도 깜빡깜빡, 차와 사람들도 왔다 갔다. 근데 와이오밍 우리 집 앞은 바람이라도 불지 않으면 일주일 동안 바라보고 있어도 정지 화면 같았어. 딱히 싫은 건 아니었소. 아버지처럼 그렇게 농부로 평생을 살라면 살 수도 있었을 것 같은데, 정작 부모님이 그 생활에서 벗어나고 싶어 했소. 무척 절박하게. 나 혼자라도 다르게 살기를 바랐소. 질문이 뭐였지? 내가 무슨 소릴 하고 있는 거지?

〈 계속 얘기해 봐요. 현관 데크에 멍하니 앉아 있는 당신 모습을 상상해 보고 있는 중이에요.

어둠을 응시하는 클레이 스펜서. 우수에 찬 눈빛, 특유의 권태로운 표정. 그 뒤에서 현관문을 한 뼘 정도 열고 '자기, 추운데 어서 들어와요. 우리 자요.'라며 유혹하는 내 모습을 상상해 본다.

〉정신과 의사에게 이렇게 많이 이야기하는 건 처음이오. 부대에서 좀 힘든 작전을 나갔다 오면 필수적으로 PTSD 상담 치료를 받게 하는데, 친절한 여사님한테 좀 미안한 노릇이긴 하지만, 상담 시작하고 채 5분도 지나지 않

아 그냥 건성건성 괜찮다고, 나 이제 가도 되냐고 하며 지루해하는 편이거든.

'여사님'이라는 표현에 약간 열받지만 아무 말 하지 않는다. 난 매력적인 37세 싱글 정신과 의사니까. 서프보드 위에 있어야 할 배는 천장을 향하고 있고, 하늘을 이고 있어야 할 등은 침대 위에 있다.

멋대로 그가 이라크에 있다고 상상해 본다. 내가 깊은 밤일 때 그는 늦은 오후쯤일 것이다.

〉 P시는 밤이겠구려. 저녁은 먹었소?

〈 그럼요.

〉 한국에서는 쌀밥을 먹지? 당신이 뭘 먹었는지 이야기해 줘도 내가 잘 이해 못 할 것 같소.

〈 그래도 얘기해 볼래요.

난 내가 저녁으로 먹은 음식들을 줄줄 읊는다. 약간의 MSG를 보태서. 쿠팡이츠로 주문해 먹은 회덮밥을 내가 직접 잡은 생선으로 요리한 'Sashimi with rice'로 바꾸니 제법 그럴듯하다. 사진도 보내 준다. 얼마 전 '미식가의 집'이라는 횟집에서 찍은 버전으로.

〉 난 그다지 생선을 즐기지는 않소. 아니, 정확하게 이야기하면 어떻게 먹는지조차 잘 몰라.

〈 난 아주 좋아해요. 바닷가인 P시에 사는 이유 중 하나죠.

케니에게 물고기 먹는 법을 가르쳐 주고 싶다. 작은 집이지만 깨끗하게 정리한다. 식탁 위엔 '미식가의 집'에서 주문한 20만 원짜리 특회 세트가 세팅되어 있다. 소주와 맥주, 얼음과 레몬. 그가 소맥을 먹어 본 적이 있을까? 초인종 소리가 들린다. 난 이미 단정하게 가꾼 단발머리를 한 번 더 만지고 나서 문을 향해 간다. 문을 열면서 '아차, 앞치마를 안 벗었네!' 깨닫지만 이미 때는 늦었다.

케니가 서 있다. 클레이 스펜서의 이미지. 청바지에 흰색 라운드넥 티셔츠, 그리고 감색 재킷을 입은 그는 노랑과 보라가 섞인 꽃다발과 와인 한 병을 들고 있다. 웃는 얼굴로 뭔가 말하는데 너무 긴장해서 그의 이야기가 귀에 들어오지 않는다. 얼굴에 열이 오르는 게 느껴진다. 터질 듯 붉어진 내 귓불이 보일 듯하다. 그가 들어와 집을 한 바퀴 둘러보고 P시의 야경을 내려다보는 동안 서둘러 앞치마를 벗은 뒤 소맥을 치우고 와인과 꽃을 세팅한다.

그가 또 뭔가를 말한다. 역시 내 귀엔 아무것도 들어오지 않는다. 집이 아늑하고 좋다든가 야경이 예쁘다든가 하는 이야기들일 것 같다. 내 눈에 그의 목이 들어오는 걸 보니 그의 눈엔 내 정수리가 들어올 것 같다. 부끄럽다. 그의 시선이 책꽂이를 훑는다. 잘 보이는 곳에 꽂혀 있는 전공 서적과 저널보다 서랍에 고이 모셔 둔 각종 밀리터리 잡지가 좀 더 공통 관심사에 가깝겠지만 난 아무 말 안 한다. 이내 그의 시선은 세팅해 놓은 식탁으로 옮겨 간다.

케니와 나는 자리에 앉아 수저를 든다. 그는 젓가락질이 서툴다. 일부러 포크 따위 놓지 않은 나는 회를 한 점 집어 와사비 간장에 찍은 뒤 그의 입에 넣어 준다. 왠지 그의 얼굴이 살짝 붉어진다. 그걸 본 내 얼굴도. 와사비가 너무 많이 들어갔을까? 아니면 진도가 너무 빠른 건가? 그렇게 한두 점 먹고 난 뒤 그는 와인을 오픈한다. 병을 쥔 그의 팔뚝이 열두 갈래로 갈라지고 두 개의 굵은 힘줄이 돋는다. 얼굴에 오른 열이 내리질 않는다. 발열은 항상 통증이 따르는 것이었는데 이렇게 열 나는 게 좋은 느낌이긴 처음이다.

건배하고 한 잔씩 마시고, 장난으로 와사비를 많이 묻혀 또 한 점을 그의 입에 넣는다. 처음엔 남자답게 참다가 얼굴을 찌푸리고 기침한다. 급기야 와인 한 잔을 한꺼번에 마시는 그를 보며 모처럼 소리 내 웃는다. 그도 나를 보며 따라 웃는다. 그러다 동시에 웃음이 멈춘다. 나는 그의 앞으로 다가서서 원피스의 등 지퍼를 스스로 내린다. 날개처럼 가벼운 옷이지만 떨어져 바닥에 부딪히는 진동이 심장까지 울린다. 처음부터 브래지어는 없었고 남은 레이스 팬티는 그가 내린다.

나를 번쩍 들어 침실로, 아까부터 일부러 문을 열어 놓고 나지막하게 조명을 켜 놓은 그 방으로 데려갈 줄 알았는데 벌거벗은 내 앞에 무릎을 꿇는다. 누군가를 집으로 초대해 밥을 먹인다는 건 이미 나의 우위를 과시하는 행위였는데, 그는 심지어 나에게 지배당하고 싶다는 제스처를 보여 준다. 그가 내 아래에서 입을 맞추는 동안 나는 두 손을 그의 숱 많은 머릿속에 넣고 천천히 움직인다. 눈을 감았다 떠서 그의 정수리를 바라본다. 그가 나를 맛보고 있다.

〉 만, 거기 있는 거요?

〈 아, 잠깐 전화가 와서.

〉 정찰 나가오. 또 기별할 테니 잘 계시오.

〈 IED(급조폭발물) 조심해요.

〉 허, 별걸 다 아시는구려.

〈 여…… 영화나 뉴스에 많이 나오잖아요.

젠장, 난 왜 그에게 군이 IED에 관해 이야기하고 싶었던 것일까? 사실 그의 험비가 공격당하는 일이 일상다반사도 아닐 텐데.

그냥 그들 세계의 말을 사용함으로써 그와 조금이라도 더 공감대를 가져 보고 싶었던 것 같다.

내 삶이 달라질 수도 있지 않을까? 매 순간 아주 조금씩이라도 나아지게 될 수 있지 않을까? 케니에게 내 일상을 이야기하고 또 그의 일상을 들어 주고 있노라면 그런 생각이 든다. 그와의 대화 내용을 읽고 또 읽는다. 그리고 다음 대화를 기다린다. 그에 대해 상상한다. 처음엔 클레이의 이미지가 지배적이었는데 이젠 그렇지도 않다. 적지 않은 대화를 통해 그를 알아 갈수록 클레이에 비해 좀 더 강인하고 현실적이면서도 또한 여리다는 걸 깨닫는다.

물론 그의 실체는 아직 미스터리다. 하지만 모든 걸 너무 빨리 알고 싶진 않다. 그에 대해 상상하고 그와 대화하는 걸 기다리는 것만으로도 이렇게 신이 나는데 모든 걸 너무 일찍 알아 버리면 왠지 그 신남이 사라져 버릴 것 같아 두렵다. 그 역시 나랑 비슷하리라고 믿는다.

언젠가부터 그는 나를 매니(Mannie)라고 부른다. 그리고 언젠가부터 나는 그녀를 질투한다. 케니를 상상하면 항상 행복하지만, 그는 누굴 상상할까 생각하면 죽이고 싶을 만큼 그녀가 부럽다. 물론 그녀가 나이기도 하지만. 승훈은 폰 모니터 앞에서 자위행위를 했다고 했다. 6인치 남짓한 화면 속 그 벌거벗은 남자는 자신이 아닌 다른 존재라고 생각했던 것 아닐까? 나는 못 하는 내가 욕망하는 모든 것. 매니는 케니가 내게 빠져들게 하고 있는 것일까? 아니면 내게서 그를 빼앗아 가고 있는 것일까?

〉한국은 서핑 시즌이오?

〈 이제 끝나 가지만 날씨가 괜찮으면 가끔 나가요.

〉사진보다는 약간 더 그을린 당신이 하얀 비키니를 입고 바다로 나가는 상상을 해 본다오. 그것만으로 뭐가 해갈이 돼. 여기는 모래와 더위와 바람뿐인 곳이라 항상 가뭄을 뒤집어쓰고 다니는 느낌이거든.

〈 지금 비키니를 입었다간 물에 들어가 보지도 못할 거예요. 그리고 나 사는 곳에서는 30대 후반의 여자가 비키니, 더구나 하얀색은 잘 안 입어요. 환자와 마주치기라도 하면 어쩌려고요. 하지만 생각은 한번 해 볼게요. 당신이 원한다면. 아니, 까짓거 그냥 입어 버리죠. 처음이 문제지 두 번째 세 번째 들어갈 때는 아마 더 이상 추운 것도 모를 것 같아요. 그 얇은 비키니 위로 내 몸을 때리는 물결을 당신의 손길이라 생각하면 가슴이 따뜻해질 것 같기도 하고요.

〉날 위해 꼭 입어 주오. 그리고 당신을 덮치는 파도가 나라고 생각해 주오. 당신을 껴안으려 하는 나라고 말이오. 당신 몸 구석구석을 나로 흠뻑 적

셔 주오.

〈 당신을 생각하며 서프보드 위에 엎드려 바다를 향해 손으로 노 저어 가
노라면 허리 아래가 안에서부터 촉촉해질 것 같아요. 파도타기라는 행위, 전
에는 사나운 세상과 맞서 싸우는 거였는데 당신 품에 안기는 거였군요.

매니는 점점 세상을 다른 시각으로 바라보게 된다. 혼자서 벽
치기 테니스를 하고 있다. 그런데 갑자기 그 벽이 허물어진다.
그리고 뒤에 있던 케니가 라켓을 들고나와 그녀가 치는 공을 다
받아 준다. 매니가 간혹 나쁜 공을 줘도 케니가 그걸 예쁘게 포
핸드 스트로크나 스매싱을 할 수 있는 위치로 받아 준다. 때리면
돌아오고 쳐 내면 또 되쳐진다. 그렇게 끝도 없이 돌아오는데 그
걸 또 그렇게 계속 기다리게 된다.

머칠간 눈코 뜰 새 없이 바쁘다가 모처럼 내담자가 없어 한가
한 오후. 난 사무실 문을 잠그고 케니의 메시지를 찾아 하나씩
음미한다.

〉 막사에서 개인 화기 정비를 하다가 무료해서 나왔소. 잠깐 조니와 맥
주 내기 말굽 던지기를 해 보기도 하지만 단조로움을 이겨 내기엔 어림도 없
고……(내가 그 녀석 얘기한 적이 있었나? 같은 와이오밍 출신이고 나만큼
시시한 놈이라오. 언젠가 좀 더 자세히 얘기하리다.). 하지만 매니는 무얼 하

고 있을까 생각하니 지루함이 싹 가셔. 점심 먹고 나른해서 졸고 있을까? 아님 골치 아픈 내담자와 상대하느라 머리를 쥐어뜯고 있을까?

〉TV에서 그리는 파병 미군들을 보면서 당신은 무슨 생각을 할까? 요즈음은 그래도 드라마가 상당히 리얼해서 나 같은 병사들의 삶을 디테일하게 보여 주긴 하지만 여전히 내 지루함을 이해하긴 힘들 거요. 그 끝에 누군가의 생명을 빼앗는 일이 있다고 해도 그조차 기다리게 만들 정도의 지루함.

〉당신이 바로바로 답해 주면 좋겠지만 지금같이 당신을 생각하며 나 혼자 떠드는 것도 그리 나쁘지만은 않소. 당신에 대해 생각하는 게 즐거워. 어쩌면 내가 하루 중에 유일하게 즐겁다고 생각하는 시간일 것 같소.

소름이 끼친다, 너무 동감이라서. 매니는 그럴 거면 혼자 즐기면 되지 애당초 우리에게 서로가 왜 필요한 거냐고 웃긴다고 하겠지만.

〉사랑한다는 표현보다 사랑을 발견한다는 게 더 정확한 표현이 아닐까 생각해 왔소.

〈 그게…… 무슨?

〉'나는 당신을 사랑합니다(I love you)'보다 '나는 당신에게서 내 사랑을 발견합니다(I find my love in you)'라는 게 더 정확한 이야기라는 거요.

〈 그런가요?

케니는 보이지 않고 매니는 실재하지도 않기에 내가 느끼는 감정은 실체가 없는 걸까? 아니, 있는데. 지금도 막 느끼고 있는데. 심지어 어느 날 케니가 없어진다고 해도 사랑을 느낀 건 느낀 거다. 고로 그에게서 원래 내 것인 사랑을 찾아낸 거다?

〈 당신 정말 군인 맞나요? 이럴 때 보면 철학자나 사기꾼 같아요.

〉 당신을 알고 나서 생각이 많아졌을 뿐이오. 어쩜 와이오밍의 그 허공을 보며 뭔가 내 안에 쌓여 왔던 것 같소. 누군가에겐 사랑한다고 말하기도 했는데 사실 내 느낌을 정말 정확하게 표현했던 건 아니었나 보오.

〈 I've been finding love in you.

〉 저런, 선수를 당했네. 짓궂소, 당신!

〈 인간의 심리를 전공한 건 나인데 나야말로 한 방 먹은 거죠. 당신, 가끔 대단해요.

〉 항상이겠지.

꿈결처럼 며칠이 훅 지나간다. 케니와 매니는 연인처럼 대화를 이어 간다. 다시는 통증이 올 것 같지 않을 정도로 몸 컨디션이 좋다. 폰 모니터를 들여다볼 생각만 해도 가슴이 벅차오른다.

"쌤, 연애하시죠? 아님 뭔가 되게 좋은 일 있으시죠?"

미영의 목소리에 속으로는 놀라지만 아무렇지 않은 척 대꾸한다.

"그런 게 어딨겠어? 그냥 똑같아. 같이 한 20분만 째 볼까? 예약 내담자도 없고."

나와 미영만의 비밀 산책 코스가 있다. 병원 바로 옆에 있는 P대학 캠퍼스를 한 바퀴 도는 건데, 먼저 들러야 할 곳이 있다. 카페 '아르고(Argo)'. 단골인데 그 이름이 새롭게 다가온다. 간판을 응시하는 내 눈길을 봤는지 미영이 묻는다.

"그리스 신화에 나오는 배 이름 아닌가요? 황금 양털을 찾아 나선 모험이었던가?"

"누군가는 그 아르고호의 여정을 두고 끊임없이 변화하면서도 본질을 유지하는 사랑의 행위에 비유했지. 모험을 계속하기 위해 배의 부품을 계속 교체하다 보니 나중엔 외형이 전과 완전히 달라졌지만 그 이름은 유지되었듯이. 롤랑바르뜨였나······."

내 대답에 미영이 "오오." 하며 감탄하는 소리를 낸다. 갑자기 쑥스러워져서 그녀에게 얼른 메뉴나 정하라고 한다.

"블랙 글레이즈드 라테요."

"뭐?"

낯선 메뉴명을 못 알아들어 키오스크 앞에서 한 손에 신용카드를 든 채 쩔쩔매는 내 모습을 보고 미영이 웃는다.

"이번 시즌 한정으로 파는 신메뉴예요."

"그래?"

“쌤도 한번 드셔 보세요.”

“찬 거잖아? 그리고 저 허연 건 뭐지? 난 무리야. 배 아플 것 같아.”

나는 그냥 따뜻한 민트 티 하나를 주문한다. 첫 모금을 길게 흡입한 미영의 표정이 천국 그 자체다. 평소 같으면 내담자들, 실장을 포함한 주변 사람들 뒷얘기로 입이 쉴 틈이 없을 텐데 오늘은 조용하다. 주로 떠드는 쪽인 내가 말이 없기 때문이다. 미영 쌤이 ‘참 별일 다 있네.’ 하는 표정으로 슬그머니 내 눈치를 보다 갑자기 걸음을 멈춘다.

“맞다! 선생님 혹시 제가 일전에 깔아 드린 세렌디피티 사용하고 계신 거 아니에요?”

“세렌…… 뭐? 그런 걸 깔았었나?”

미영은 잠시 내 얼굴을 쳐다본다. 거짓말인지 스캐닝하는 것 같다. 그러더니 이내 장난스러운 미소를 짓는다.

“틀림없이 사용하고 계시네요.”

“무슨 소리야, 앱 이름조차도 기억 못 하고 있는데.”

“저희 할머니 올해 75세가 넘으셨는데 요즘도 남친을 6개월에 한 번씩 갈아치우고 계셔요. 할아버지 돌아가신 지 10년이 넘었으니까 거쳐 온 남성이 무려 20명 가까이 되는 거죠. 좀 주

제넘지만, 선생님은 아직 청춘이신데 20명 아니라 100명은 못 만나시겠어요?”

“할머니 대단하시다. 하지만 중요한 건 결국 한 명 아니겠어?”

“이미 만나신 건 아니고요? 선생님이 욕망에 충실하게 사셨으면 해요. 저희 할머니처럼요. 인생은 너무 짧잖아요.”

이런……. 나이에 안 맞게 감정을 숨기는 게 서툰 모양이다. 어쩌겠는가? 이렇게 투명한 가을 날씨에 공기마저 달콤한데. 케니 덕에 이제 남자 사람뿐 아니라 길옆 풀때기에서도 ‘사랑을 찾을 수’ 있을 것 같은 기분인데.

어느새 우리 둘은 코스의 클라이맥스, 즉 AI 연구동 뒤쪽 벤치로 와서 앉는다. 눈앞에는 축구장만 한 크기의 풀밭이 펼쳐지고 그 뒤로는 소나무 언덕, 그 위로는 ‘낙원’이라는 커다란 글씨가 쓰인 아파트가 보인다. 아파트 담벼락에도 내 감정이 투영되는 건가?

그렇게 땡땡이 잘 치고 들어와서 일 좀 해 보려고 내담자들 심리 분석 자료를 출력해 철하기 시작한다. 한참을 하다가 ‘악’ 하는 비명과 함께 서류철 표지에 손가락을 베고 만다. 무슨 일인지 놀라서 달려온 미영. 종이에 베는 거 아프다며 걱정하다가 소독약과 밴드를 찾아 온다. 치료해 주는 걸 보고 있는데 갑자기 마음 한구석에 먹구름이 몰려오는 느낌이다. 페이퍼 컷 재수 없다던데.

항상 명랑하고 생명력이 넘쳤던 엄마는 내가 대학에 합격하던 날 교통사고로 세상을 떠났다. 내 결혼은 실습을 끝내고 마침내 임상 심리 상담사 자격을 취득했을 때 균열이 생기기 시작했다. 꼭 그런 큰 일들이 아니더라도 이렇게 컨디션이 최고조에 올랐을 때 통증은 수시로 찾아온다.

*

"선생님 뭔가 달라지셨어요."

승훈이 앉자마자 던지는 말에 살짝 당황한다. 아들뻘 내담자의 딱히 칭찬도 아닌 말에 얼굴이 화끈거리기까지 한다. 놀랍기도 하다. 그의 표정과 말투가 너무 밝기 때문이다.

"이런 말 실례지만, 좀 예뻐지신 것 같아요."

반사적으로 터져 나오는 웃음소리를 제어하지 못한다. 듣기 싫은 저음이다. 전형적인 아줌마 웃음. 뭐가 어떻게 달라졌고 어디가 예뻐졌냐고 묻고 싶은 마음을 누르고 세션을 시작한다.

"승훈 씨야말로 지난 세션과 대조적으로 얼굴이 밝아졌는데,

좋은 일이라도 있었나 봐요.”

“2주 전보다 훨씬 나아요. 마음이 한결 가벼워졌거든요.”

경찰에 갔었나? 설마 범인을 잡았나? 다행이라 생각하면서도 한편으로는 한층 밝아진 그의 얼굴이 낯설다. 몇 번에 걸친 상담이 제자리걸음이어서 내가 도움이 될 수 없다는 좌절감이 들 무렵이었기 때문이다. 왼쪽 손목의 색실 팔찌는 여전히 밝은 음조의 만가(輓歌)같이 느껴진다. 내 표정이 뭔가 설명을 요구하는 듯했는지 그가 앞질러 말한다.

“돈을 줬어요.”

“네?!”

“처음 요구했던 금액을 반이나 깎았는걸요. 1년 치 학비와 그동안 알바해서 모은 돈이 다 들어가기는 했지만, 마음속의 시름이 현실적인 걱정으로 바뀌는 게 차라리 나은 것 같아요.”

“그렇군요. 힘든 가운데 혼자서 문제를 해결하느라고 얼마나 고생했을까? 혹시 돈을 주고 나서 어떤 감정을 느꼈는지 말해 줄 수 있나요?”

“좀 억울하기도, 부끄럽기도 했어요. 하지만 모든 게 저쪽 잘못이라고 할 수는 없는 상황이잖아요. 그래도 ‘돈 잘 받았고 제 동영상은 완전 삭제했다’는 기별을 받으니까 한결 가뿐해지는 느낌이었어요.”

“저도 머리 아픈 일이 있을 때 할 수 있다면 돈으로 해결하는 방법이 최선이라는 생각이 들 때가 있어요. 돈을 준 이후에 혹시 불안하거나 걱정되는 부분이 있나요? 일상에 변화는?”

차마 ‘잘했다’라고 말해 줄 수 없어 해서는 안 될 것 같은 말을 뱉어 버린다. 다행히 그 말 때문에 그가 다시 걱정하거나 하는 기색은 아니다. 오히려 그는 말한다.

“하루가 많이 바빠졌어요. 학생 가르치는 알바만으로는 부족해서 밤 시간 배달도 다니고 있어요. 당분간 선생님께 올 시간이나 돈도 아껴야 할 것 같아요. 많이 도와주셨는데…… 그동안 감사했습니다.”

난 도움이 되지 못했고, 그는 스스로 문제를 해결했다. 하지만 심리 전문가로서가 아니라 그저 나이 든 사람의 촉으로 뭔가 깔끔하게 마무리되지 않았다는 느낌이 든다. 큰 금액의 돈이 승훈으로부터 범죄자들에게로 옮겨 갔다는 걸 제외하면 달라진 것이 없다는 현실적인 인식뿐 아니라 마음속에서 생각보다 훨씬 오랫동안 그를 괴롭힐 수치심, 죄책감, 그리고 불안에 대해 생각해 보면. 하지만 언제든 힘든 일이 있으면 찾아오거나 전화라도 하라고 신신당부할 수밖에 내가 더 이상 할 수 있는 건 없다. 꾸벅 고개를 숙이고 돌아서는 그의 모습이 왠지 위태로워 보인다.

*

〉할 말이 있소, 매니. 듣기 전에 마음의 준비를 좀 했으면 좋겠소.

〈 그렇게 이야기하니 좀 겁나요. 무슨 이야기이길래?

돈이 필요하다는 걸까? 얼마나? 얼마든 줘 버리라고 매니가 얘기한다. 어떻게 찾은 인연인데 돈 몇 푼에 실망해서 등을 돌려 버릴 거냐고. 나는 매니한테 얘기한다. 그 말이 맞아, 하지만 만약에…….

〉사실 나 가정이 있소.

총각인 척하는 유부남이 처음은 아니다. 온라인 남친이 사실을 밝히는 게 처음이지. 뭔가 드라마틱한 느낌은 없다. 좀 멍하다고 할까? 그가 눈앞에 있다면 아침 연속극 같은 데서 흔히 볼수 있듯이 뭔가를 집어 던지거나 물이라도 끼얹어야 할 상황. 그러나 바쁘게 움직이는 내 손가락은 의외의 반응을 보인다.

〈 왜 이야기해요? 내가 묻지도 않았는데. 그냥 당신을 편안히 좋아하게 해줄 수는 없었어요?

〉미안해. 정말 미안하오. 하지만 그동안 너무 괴로웠소. 당신이 좋아질수

록, 당신을 향한 내 감정에 하나씩 이름표가 붙을수록 숨기기가 점점 어려워
졌소.

매니는 화가 나는 것 같은데 나는 오히려 잘됐다 생각하고 있
다. 프로필을 속인 것에 대한 죄책감, 케니의 존재가 거짓일지도
모른다는 불안감이 동시에 가벼워지는 느낌이다. 그와 주기적으
로 어딘가에서 몸을 섞고 있지도 않다. 가시적인 미래에 그렇게
될 것 같지도 않고. 케니에게 가정이 여러 개가 있어도 누군가와
그를 공유하고 있는 것이 아니라고 생각할 수만 있다면 지금까
지와 달라질 것은 없다. 난 매니를 달래 본다.

〈 좀 더 얘기해 봐요. 애들도 있나요?

〉 네 살짜리 딸이 하나 있소. 내가 파병되기 전에 두 살이었고, 막 젖을 때
고 있었소.

아이들의 그맘때를 나는 알지 못한다.

〈 자주 얘기 나눠요?

〉 매일은 어렵지만 시간이 허락하면 단 5분이라도 하고 있소.

〈 이름은?

〉 메리제인. 엠제이라 부르오.

〈 예쁜 이름이네요. 생긴 것도 예쁘겠죠? 대체 세렌디피티엔 왜 들어온 거
예요? 아이가 눈에 밟힐 텐데, 또 아내도.

케니는 말없이 사진 한 장을 공유한다. 지역 카니발인 듯 배경은 소박한 놀이공원. 중심에는 커피잔 모양의 탈 것에 앉아 자지러지게 웃고 있는 여자아이. 희고 작은 이를 감싼 선홍색 잇몸. 아빠의 눈을 가졌다. 어른들이 입는 스타일의 원피스 차림이 앙증맞다. 오른손은 아빠, 왼손은 엄마의 손을 잡고 있는 듯하다.

〈 세상에……. 역시 예쁘고 사랑스러운 아이군요.

〉 내 결혼 생활은 곧 끝날 거요. 아내에게도 내게도 이런 삶을 계속해 나가는 건 너무 잔인한 일이오.

〈 매 순간 조금씩 나빠지기만 할 걸 두 사람이 이미 알고 있는 건가요?

잠시 침묵이 흐른다. 어떻게 알았냐며 놀라는 케니의 표정이 보이는 듯하다.

전 남편이 내게 똑같은 이야기를 했었다. 언젠가부터 '우리가 공유할 수 있는 삶이 없거나, 있더라도 매일 빠르게 줄어들기만 할 거라 느꼈다.'라고. 결국 내가 먼저 헤어지자고 했지만 그건 몇 년이나 각자 다른 세상에 살고 난 다음이었기에 서로 크게 놀라지도 않았다. 케니도 가족을 떠나려는 걸까? 매니는 아직 화가 안 풀렸지만 나는 슬머시 희망을 가져 본다.

*

케니를 만난 지 3개월 만에 난 하루라도 대화를 나누지 않으면 견딜 수 없을 만큼 그에게 빠져 있다. 그런 감정을 굳이 다스리고 싶은 마음은 없지만 왠지 그렇게 하지 않으면 무슨 일이 생길 것 같은 예감이 든다. 전쟁터에 있는 그가 다치거나 죽을 수도 있고, 실종될 수도 있다. 가장 큰 걱정은 그의 실체에 대해 확신할 수 없다는 거다. 데이팅 앱에 들어온 순간 어느 정도의 거짓과 실망은 각오한 부분이지만 그걸 케니에게서 발견하게 되는 건 정말 견딜 수 없는 일일 것 같다.

〉급하게 돈이 필요한데 도와줄 수 있겠소?

가슴이 철렁 내려앉는다. 의심이 반이라면 그에게 무슨 일이 생긴 건 아닌가 하는 걱정이 반이다. 거기에 얼마인지는 몰라도 저 돈을 빌려줌으로써 우리 관계에 뭔가 실체가 생기게 되는 건 아닐까 하는 기대감으로 난 답을 해 본다.

〈 조금은 해 볼 수 있을 것 같은데, 그 전에 이유를 알고 싶어요. 무슨 안 좋은 일이라도 있는 건가요?

〉메리제인이…….

〈 엠제이에게 무슨 일이라도 있는 거예요?

그의 대답이, 그에 대한 나의 반응이 모두 놀랍다. 엠제이라는 꼬마 계집애가 언제 내게 뭔가가 되기라도 한 듯이.

〉피아노를 배우기 시작했는데 꽤 재능이 있는 모양이오. 한 달에 한 번씩이라도 좀 괜찮은 선생님에게 레슨을 받게 하고 싶은데 내 수입으로는 어림도 없소. 아내가 동네에서 이런저런 아르바이트를 하고는 있는데 그걸 합쳐도…….

나는 바로 답하지 않는다. 뭐라 해야 할지 잘 모르겠다. 한번 내가 무슨 상관이냐며 따져 볼까 하는데 그가 말한다.

〉그냥 잊어버려요. 난 너무 나쁜 놈인 것 같소. 이래서는 안 되는데, 하면서 말도 안 되는 일까지 당신에게 기대려 하고 있소. 아무래도 그냥 끝내는 게 좋을 것 같아. 역시 안 좋은 생각이었어. 세렌디피티, 당신, 온라인상의 인간관계. 앱을 지워 버리고 당신의 존재를 잊고 살려 노력해 보겠소. 죽을 만큼 괴롭겠지만 언젠간 이겨 낼 수 있지 않을까? 이건 정말이지 옳지 않은 것 같소.

〈 꼬맹이가 조성진이나 임윤찬같이 될 모양이군요(아차, 미안해요. 내가 이름을 기억할 수 있는 피아노 신동들이 공교롭게도 모두 한국인들이군요.). 케니, 진정해요. 내가 엠제이를 돕고 싶어요. 어떻게 하면 되죠?

〉정말 괜찮아요. 조? 임? 누구든 엠제이가 정말 그 친구들만큼 재능이 있다면 약간만 도와줘도 알아서 자기 길을 찾아가겠죠. 여전히 당신에게 이야기한 건 끔찍한 실수였소.

〈 이봐요, 케니. 정말 괜찮아요. 난 가진 게 돈밖에 없는 골드미스잖아요.

그리고 드디어 난 그 말을 꺼낸다.

〈 그런데 조건이 하나 있어요.

케니가 약간 움찔하는 것 같다. 매니가 내 안에 숨어 있다가 고개를 들어 호기심 어린 눈으로 폰 모니터를 바라본다.

〉조건? 뭐든 내가 할 수 있는 거라면…….

〈 당신 얼굴 보고 이야기하고 싶어요. 목소리도 들어 보고 싶고요.

또다시 짧은 정적 후 케니가 입을 연다. 모니터 뒤에 어색한 표정을 짓고 있는 그의 모습이 보이는 듯하다. 매니의 표정은 호기심에서 짓궂은 미소로 바뀐다.

〉물론. 그건 이번 일이 아니라도…… 나 또한 매니를 보고 이야기하고 싶었으니까.

얼굴과 목소리를 드러내야 하는 건 케니뿐이 아니다. 의구심이라기보다는 호기심에서 우발적으로 던져 본 건데 그걸 덥석 받으니 오히려 당황스럽다.

〉맹세하건대, 내게 도움을 청할 수 있는 다른 사람이 있었다면 절대로 당신에게 말하지 않았을 거요. 약속컨대 돈은 반드시 갚을 거요. 지금도 위험한 작전을 수행하면 위험 수당이 나오고, 가까운 미래에 민간 기업에 가면 지금 수입의 열 배가 보장되니까.

〈 당신, 지금의 일 사랑하는 거 아니었나요?

〉 그렇긴 하오만, 앞으로 조만간 나도 진로를 정해야 하오. 계속 전장에 있는 게 내가 원하는 거라 해도 곧 나이 때문에 더 이상 작전에 투입되기 어려워질 거고, 전장이 아닌 후방 임무는 지금도 끔찍하니까.

〈 돈은 미국으로 송금해 주면 될까요? 아니면 당신이 있는 곳으로? – 난 아직도 거기가 어딘지 모르네요.

〉 매니와 같이 관리하는 암호 화폐 계정을 하나 만들고 싶소. 내가 곧 51자리 숫자+문자+특수문자로 이루어진 비번과 계정 복구에 필요한 시드구문 24단어를 알려 주리다. 그리고 그 구문의 마지막 단어는 Vault, Of, Love로 정할 거요. 처음엔 당신이 입금하겠지만 나도 돈이 생기는 대로 넣도록 할 거요. 나중에 당신도 지금의 나처럼 도움이 필요해지면 그냥 마음대로 꺼내 쓰도록 해요. 나한테 이유를 이야기할 필요도 없소.

볼트 오브 러브(Vault of Love)라, 사랑의 금고라는 뜻 아닌가?

《〈로맨틱한데.〉》

들리기만 하던 매니의 목소리가 눈에 보이기 시작한다. 별도 채팅 창에 적히는 것 같다. 욕망에 충실하라 했던 미영의 음성과 말투를 닮았다. 그리 놀라진 않는다. 어쩌면 케니가 불러 주기 전부터 이미 내 안에 존재했을 테니까. 그를 향하는 내 안의 사랑. 난 그녀와도 대화를 나눈다.

〈얼굴과 목소리, 진짜를 공개할 수도 없고…… 어쩌지?〉

내가 건 '조건'이 거꾸로 내 발목을 잡거나 하게 되지는 않을 까? 즉흥적으로 뱉은 말이 고민거리가 된다. 누군가가 진짜인지 확인하겠다는 건, 따지는 나 자신이 진짜라는 전제하에서만 가 능한 것이거늘. 어쨌든 매니는 쉽게 생각하는 것 같다.

《《걱정 말아요, 언니. 요즘 과학 기술이 얼마나 발전했는데 그깟 얼 굴 문제 하나 해결 안 되겠어요?》》

좌승훈을 떠올려 본다. 그는 상대 여성이 '딥페이크(Deep fake)'라는 기술로 화상 채팅을 통해 자신을 속였다고 했다. 난 그 단어를 검색어로 유튜브부터 뒤지기 시작한다. 30분 후, 검 색된 동영상의 엄청난 숫자보다도, 나 같은 컴맹도 그 기술을 충 분히 이용할 수 있도록 AI 기술이 얼마나 발전했는지에 놀라게 된다.

*

3주째 케니와 연락이 닿지 않는다. 언젠가 '작전 시간 중 기다 림이 90%'라 했던 그의 이야기를 반추하며 안전하리라 믿어 보 려 하지만 그래도 그가 죽으면 어떻게 할까 하는 두려움으로 잠을 이루지 못한다. 하지만 가끔 그의 장례식 장면을 상상하며 내 두려움이 연인의 안위를 걱정하거나 이타적인 본성에서 비롯된 것만은 아님을 깨닫는다.

미 남부 포트 브랙(Fort Bragg)에 그의 시신을 실은 수송기가 도착한다. 수송기 뒤쪽에 있는 게이트가 열리면 금속제 관이 지게차에 의해 공항 활주로에 내려지고, 수속 후 가족들이 몇 대째 다니고 있는 교회 뒤 묘지로 이동한다. 도착했을 때 이미 매장을 위한 준비는 끝나 있다.

관이 들어갈 구덩이 주위로 모인 사람들 가운데 케니의 아내와 엠제이가 서 있다. 무표정하다. 눈물은 가깝지도 멀지도 않은 사람들의 얼굴에서만 보인다. 목사님의 기도가 끝나고 구덩이 속으로 내려진 관 위로 가족·친지 들이 한 삽, 두 삽 흙을 퍼 내린다. 삽을 든 사람들은 뭔가 중얼거린다. 대부분 그의 영혼을 좋은 곳으로 보내 달라는 기도이다.

그런데 이 길지 않은 장면 속에 나는 없다. 케니와 함께 매니도 죽어 버린 것이다. 케니와 달리 매니는 존재의 흔적조차 없다. 그의 때 이른 사거(死去)도 슬프지만 매니와 그녀의 무게만큼 사라진 내 존재가 견딜 수 없을 만큼 안타깝다. 어쩌면 그게 케니의 죽음보다 더 두려운 것이다.

뉴스에서는 중동에 불어닥친 전쟁의 광풍으로 전투태세에 들어간 이라크 미군 기지의 모습을 보여 준다. 저기 케니도 있겠지.

가족들과 상봉할 케니를 생각하면 가슴 한구석이 저려 온다. 내가 그의 반려자 자리에 앉고 싶은 생각은 아직 없다. 그가 아내와 아이 사이에서 행복해하는 것을 바라지 않는 것은 더욱 아니다. 그냥 단순히 그의 삶의 일부분, 나아가 그의 일부가 되고 싶을 뿐이다. 5%? 3%? 아무리 작아도 상관없다. 그리고 나에게 희망이 있음은 케니가 증명해 줘야 한다.

한줄기 한기가 목 뒤쪽을 스쳐 간다. 12주 만이다. 자고 나면, 끔찍한 고통에 밤을 새우고 나면 온몸에 발진이 돋고 무릎 관절이 부풀겠지? 엄마, 아빠, 그리고 남편. 처음엔 놀라고 안쓰러워하고 어떻게 해서든 도우려 하다가 지쳐 포기하고 때로는 버거워했다. 뭔가 신나고 좋은 일을 앞두고 항상 '아프면 어쩌지?' 하는 두려움에 난 불안했고, 그게 그들을 짜증 나게 했다. 아프다는 것, 때로는 누군가를 끝까지 몰아세우는 위협이자, 상대방으로부터 뭐든 양보를 얻어 내는 핑계 아닌가?

부모님은 몇 년 계획한 여행도 여러 번 취소해야 했고, 자신들의 소중한 휴식 시간을 번번이 나의 병간호에 써야 했다. 약이 없는 건 아닌데 명확한 원인을 모르는 병이라 간호라고 해 봐야

증상이 나아질 때까지 그냥 지켜보는 것뿐이었다. 결혼 후에는 남편이 그 자리를 대신했는데, 무척 다정한 사람이었던 반면 가정에 관한 대단히 구체적인 그림을 가지고 있었던 사람이었기에 더욱 깊은 고통이 있었다.

그에게 가정이란 배우자, 자식(둘 이상)과 함께 그리는 구성화(構成畵) 같은 것이었는데 나 때문에 아예 그림의 한 축이 일그러지거나 잘못된 색깔이 칠해지는 것 같았다. 그가 원할 때는 내가 응할 수 없었다는 것이다. 내가 원할 때는 그는 이미 나를 원하는 마음이 사라지고 난 다음이었다. 그러다 보니 임신도 잘되지 않았는데, 어렵게 착상에 성공하면 번번이 유산했다.

꼭 병 때문만도 아니었다. 문제는 어느 순간 나는 포기하고 삶의 방향을 바꿨던 반면, 그는 자신의 구성화를 흔들 생각이 전혀 없었다는 것이다. 그리고 내가 임상 심리 전문가 자격을 득하고 S병원에 자리를 구했던 것이 결정타가 되었을 것이다. 그들은 나를 안쓰러워하면서도 나로 인해 자신들의 계획이 망가짐에 열받아야 했고, 동시에 그런 자신들을 혐오하며 자책했다.

아프다는 건 잘못이 아니지만 내 병이 내 주위의 사람들을 밀어내고 있다는 인식은 고통을 가중한다. 나를 볼 수 없는 케니가 연락하지 않는 동안 이렇게 아프기 시작하는 게 어쩌면 다행일지도 모르겠다는 생각까지 든다.

차라리 '조건' 따위 걸지 말 걸 그랬나? 어차피 만져 볼 수도 없는 사람, 서로 할 얘기 못 할 얘기 다 하고 있는데 굳이 그렇게, 마치 돈 줄 테니 얼굴 보여 달라는 식으로 재촉했어야만 했나 자책하고 후회할 무렵 그에게서 연락이 온다. 화상 챗 링크와 함께.

머릿속에서는 그에 대한 그리움과 원망이 사라지고, 나를 어떻게 드러내야 할까 하는 고민이 채워진다. 내가 아닌 다른 사람의 얼굴로 그렇게 소중한 사람과 대면한다는 것은 무척 미안한 일이지만 상대방이 여태까지 그렇게 사랑했던 모습은 매니이기에 갑자기 다른 얼굴로 나타날 수도 없는 일이다.

줌 화면 비슷한 인터페이스. 정중앙 프레임 안에는 클레이 스펜서를 닮은, 그러나 좀 더 동안에, 좀 더 근육질의 남자가 보인다. 배경은 모자이크 처리를 했지만, 막사인 듯하다. 덥수룩한 금발의 머리와 수염이, 또 일광 화상이 하얀 피부와 바다색의 눈동자를 감추지는 못한다.

그런 그의 시선 맞은편엔 매니가 앉아 있다. 비밀리에 촬영해 둔 정신과 선생님의 진료실을 배경으로 그녀는 가운을 입고 앉아 있다. 가운 속으로는 약간 타이트한 블랙 브이넥 티셔츠, 적당히 그을린 피부, 그리고 가슴골이 시작하는 바로 위로 큐빅 장식이 반짝이는 목걸이가 있다. 내 얼굴은 잔뜩 상기되어 있지만 매니의 얼굴은 그렇지 않아 좀 아쉽다.

케니가 입을 열고, 세렌디피티 채팅 앱은 설정해 놓은 대로 그의 말을 자막으로 옮긴다.

[살아서 돌아왔소.]

너무나 고대해 왔기에 그렇게 두렵기도 했던 순간. 마음속에 그려 왔던 이미지가 깨질까 봐 두려우면서도 매 순간 상상만 하는 것 또한 잔인한 일일 거로 생각했었는데.

5주 만의 기별. 내가 열받음과 반가움 사이에서 고민하는 사이 매니는 다소 장황하게 말하고 있다. 무사히 돌아와 다행이다. 다친 데는 없느냐. 엠제이는 안아 봤느냐. 애가 서먹해하지는 않더냐는 질문은 하는데 차마 왜 한 달 이상 연락을 못 했느냐고 따져 묻진 못한다. 뉴스도 안 보고 사느냐고 퉁명스러운 반응이라도 보일까 두려운 모양이다.

[이곳으로 한번 와 주면 안 되겠소?]

케니의 뜬금포에 나는 물론 매니조차 입을 다물지 못한다. 그의 표정을 보니 절대 농담은 아닌 것 같다.

"어디로요? 당신의 아내와 엠제이가 있는 곳으로? 거기서 내가 뭘 할 수 있죠?"

매니의 얼굴 아래 흐르는 실시간 영문 자막이 몇몇 단어들의 철자를 엉뚱하게 찍는 걸 보니, 내가 흥분한 것 같다. 후회된다. 단순한 변덕이나 치기가 아니라면 케니는 나의 통증보다 더한 정신적 고통 때문에 절박하게 도움을 청하고 있는 걸 수도 있는데.

[새벽에 부대로 출근하면 하루 종일 팔다리 잘린 멍청이같이 책상 앞에 앉아 있소. 퇴근하면서 바에 들러 농구나 아이스하키를 보며 맥주 반병을 마셔. 벽에 걸린 시계를 봐. 7시쯤 되었소. 가끔 누가 말을 걸면 목숨 걸고 싸웠던 이야기들을 무슨 오래전 로맨스처럼 이야기하지. 8시. 21세기에 어울리지 않는 주크박스에서 치지(Cheesy)한 컨트리 송을 골라 틀어. 같은 노래들을 세 번 이상씩 들으면 눈치가 보여서 화장실에 가서 변기에 멍하니 앉아 있소. 8시 반. 그러고서 집으로 향하지. 아이는 자고 아내는 나를 기다리고 있소.]

"완벽한 하루 아닌가요?"

매니는 말을 뱉고 나서 바로 시니컬하게 반응한 걸 후회하는 표정이다.

[아내와 소파에 앉아 TV를 봐. 아니, 사실 아무것도 보고 있지 않소. 그녀는 더 이상 말을 걸지 않아. 천 번도 넘게 시도했을 텐

데 내가 대꾸하지 않았어. 그녀가 싫어서가 아니오. 돌아올 때마다 아내와 아이가 사는 세상과 점점 멀어져 이제는 닿을 수 있을지도 모르겠소. 더 큰 문제는 닿고 싶은지조차 알 수 없다는 거요. 10시가 안 되어 아내는 자러 들어가. 나는 그대로 TV 앞에 다음 날 출근 때까지 앉아 있소.]

"잠은?"

[언제 제대로 누워서 잤었는지 기억도 안 나. 한 가지 확실한 건 조용한 침실에 누우면 천장에서부터 어둠이 내려와 가슴을 짓누르는 느낌이라는 거. 고요한 실내에 혼자 있을 때는 불안해서 미쳐 버릴 것 같아. 지난주엔 차고로 들어가 글록(Glock) 권총을 꺼내 한 발을 장전하고는 한참 바라봤소. 다음 주면 그걸 내 머리에 겨눌지도.]

"도움은 받고 있나요?"

매니의 표정에 걱정이 가득하다.

[정신과 의사? 한 달에 한 번이나 만난다오. 친절한 분이지. 상담하는 동안은 좀 안정이 되는 것 같은 느낌이오. 한동안 괜찮아지는 듯하기도 했고. 하지만…….]

"하지만?"

[점점 처방 약의 용량과 종류가 늘어나고 있소. 이렇게 약을

먹다가 다시는 투어(Tour)에 참가하지 못하게 될 거라는 생각이 들어. 전장에 가는 것만이 내 문제를 해결해 줄 수 있는데. 어찌해야 할지 모르겠소.]

수만 킬로미터 떨어진 남의 땅에서 무엇을 위한 건지도 모르는 채 매일매일 목숨 걸고 싸워야 한다는 것. 수시로 죽어 나가는 동료와 양민들. 매일같이 죽여야 하는 적들. 우리가 가볍게 PTSD라 이름 붙인 그 병은 케니에게는 죽음을 생각하게 하는 재앙이면서 매니가 그를 위해 존재할 이유를 제공하는 구실이기도 하다.

"정말이지 내가 해 줄 수 있는 일이 없네요."

[내가 사는 곳, 노스캐롤라이나로 와 주면 안 되겠소? 매니하고 이야기할 땐 전쟁 없는 삶도 그런대로 살아질 것 같은 희망이 생겨. 당신이 지금처럼 몇천 마일이 아니라 몇 마일 밖에 있다고 생각하면 찾아가 볼 수도 있다는 희망을 품고 살아질 것 같단 말이오.]

당장 달려갈까? 그러려면 난 내 진짜 정체를 밝혀야 한다. 그가 감당할 수 있을까? 설령 간다고 해도 처자식이 있는 그와 말도 잘 안 통하는 나라에서 뭘 할 수 있을까? 정신과 의사도, 서핑이 취미인 37세 매력녀도 아닌 내가 그를 위해 뭘 할 수 있나 말이다.

"당신이 오면 어때요? 다 내려놓고 여기 와서 다시 시작해요."

[마음은 굴뚝같소만…….]

"어차피 부인과 아기는 당신의 부재에 익숙해져 있지 않나요? 그들이 편안하게 살도록 나도 도울게요. 당신이 와요. 내 집으로 들어와요."

어색한 정적이 흐른다. 애써 평정을 유지했던 케니의 얼굴에 이제 고통의 징후들이 보인다. 이마에 두드러진 혈관, 윗니에 물린 아랫입술.

[미안하오. 내가 괜한 소릴 했구려.]

"아니에요. 케니, 사실 나……."

난 내 병에 대해 얘기한다. 그동안 많이 아팠고, 그를 생각하며 조금이나마 견딜 수 있었다고. 한편으로는 그가 내가 아픈 걸 몰라 다행이었다고. 매니는 펄펄 뛴다. 왜 아픈 이야기를 하느냐고. 이제 케니까지 밀어낼 셈이냐고.

[정말이지 뭐라 할 말이 없소. 매니, 진정 난 죽일 놈이란 생각이 들어.]

매니의 말이 맞다. 이제 그 부재를 상상조차 할 수 없을 만큼 삶의 일부가 된 소중한 인연을, 서로 대면하고 목소리를 들은 기

념할 만한 날에, 나는 밀어내고 있다.

*

케니가 또 아무 말 없이 연락을 끊은 지 한참이 지났다. 처음이 아니기에 몇 주는 그럭저럭 지냈지만 한 달을 경과한 시점부터, 그가 무사할까? 하는 걱정 외에도 별생각이 다 든다. 티 났던 건가? 아무리 딥 페이크 기술이 감쪽같다고 해도 실물 같진 않았을 거고, 화상 챗이 길진 않았지만 어쩜 케니는 내 표정이나 움직임에서 어색함을 찾아냈을지도 모를 일이기 때문이다.

케니 때문일까? 이번 성탄절만큼은 뭔가 외롭지 않을 거라 기대했는데. 집에 혼자 있기 싫어서 그냥 하릴없이 사무실에 나와 있다. 모니터에 논문도 하나 띄우지만 당연하게도 보고 있지 않다. 케니가 조용하니 매니도 거의 말이 없다.

그사이에 사랑의 금고에 선물값으로 백만 원을 더 송금했는데 어느새 사라진 걸 보니 내 덕에 케니의 가족들은 모처럼 따뜻한 연말을 보낸 모양이다. 소박하게 장식된 크리스마스트리 앞에서 케니와 아내와 딸이 모여 앉아 선물을 하나씩 개봉하며 행복해하는 모습을 상상해 본다. 모처럼 케니도 미소 짓고, 그런 그를 보며 아내가 행복해한다. 내게는 기쁨과 고통이 동시에 찾아온다.

독점욕을 버리는 건 힘든 일이다. 내게 사랑이라는 감정은 그 대상이 사람일 때 공유를 전제로 한 것이 아니기 때문이다. 하지만 케니가 말한 대로 사랑은 그 대상이 사람이라기보다는 내 마음속에 숨어 있는 감정이기에 그것을 확인한 이상 굳이 사람의 독점에 집착할 필요가 있겠는가? 오히려 결혼이라는, 인류의 역사만큼 오래된 제약을 가볍게 무시하고 내 안의 사랑을 찾기 위해 케니의 숨은 연인이 되는 건 생각만으로 스릴 있고 흥미롭다.

노스캐롤라이나 근처에 있는 어딘가로 이사 가는 상상을 해본다.

〈뭐 먹고 살지? 심리 상담하기엔 영어도 너무 짧고.〉

〈〈뭐든 하면 되죠. 낮엔 마트에서 카운터 보고 밤엔 바에서 주방일을 보거나 서빙을 하는 거예요.〉〉

〈영화를 너무 많이 봤다, 너. 요즘 마트들 카운터에 사람 없어. 그리고 주방은 몰라도 바 서빙은 누가 나 같은 아줌마에게 그런 일을 시켜주겠어? 주방일조차도 나보다 싹은 반이고 일은 두 배로 하는 멕시코 여자들이 수두룩할 텐데.〉

〈〈중요한 건 케니 곁으로 가는 거예요. 언니는 그의 가족이나 친구들이 도울 수 없는 그의 아픔을 치유할 수 있어요. 케니의 부대 근처에 작은 아파트를 잡고 그의 단골 바에 아르바이트 자릴 얻어요. 언니는 같은 나이의 미국 여자들에 비하면 10년은 어려 보이니 사장님이 좋아할 거예요. 그리고 케니를 매일 만나는 거예요. 그에게 음식을 차려 주고 술을 대접해요. 때로는 말동무도 해 주고 주크박스에서 나오는 노래에 맞춰 같이 춤도 춰요. 그리고 기회를 봐서 그를 방으로 불러요. 내일이 오지 않을 것처럼 밤새도록 섹스하는 거예요!〉〉

〈그는 날 알아보지도 못할 텐데. 정체를 밝히면 실망할 거고 배신감을 느낄 거야. 넌 젊고 아름답고 생명력이 넘치지만 난 늙고 지루하고 또 가끔 죽을 듯 아파서 나한테 좋은 감정을 가진 사람들을 밀어내기만 하지.〉

〈〈언니가 나예요. 케니가 날 사랑한다면 그건 언니를 사랑하는 거예요. 난 언니가 만들어 낸 껍데기일 뿐이니까요.〉〉

〈매니, 정말 이러지 마. 난 그냥 그에 대해 상상하는 걸로 충분히 행복해. 네가 그 매개가 되어 줘 고맙지만 더 이상 날 흔들지 말아 줘.〉

젠장. 말은 이렇게 하지만 정말 그렇게 하면 될 수도 있지 않을까? 하는 생각이 든다. 난 혼자이고 미국에 가서 당분간 버틸 돈도 있고. 매니는 정말이지 좋은 동생이지만 또 나쁜 년이다.

논문을 내리고 네이버 뉴스를 연다. 역시 딱히 읽고자 함은 아니다. 헤드라인을 훑고 있는데 '배달 알바 대학생 안타까운 사고사'라는 지역 신문의 기사가 눈에 걸린다.

'크리스마스이브, 폭주하는 주문에 대응하던 명문 P공대 대학생 A씨는 학비 마련을 위해 휴학하고 하루 종일 배달 아르바이트를 하고 있었다고 한다. 누적된 피로로 인해 졸음운전을……'

좌승훈? 설마……. 망설이다가 그에게 전화를 걸어 본다. 누군가 다른 사람이 받으면 어쩌지? 무슨 핑계를 대야 하나? 생사 확인 통화란 꽤 절박한 일이지만 살아 있는 상대방이 받는다면 한가한 상담사의 한심한 짓이 되어 버릴 수도 있다. 신호는 가는데 받지 않다가 소리샘으로 연결되어 버린다. 세 번 정도 시도하고 한 번 더 할까, 고민하는데 이메일 알림이 하나 뜬다. 보안실? 하루에도 몇 개씩 오는 경고성 메일. 못 말리는 인간들…… 성탄절까지. 하지만 달리 할 것도 없어 일단 열어 본다.

'최근 환자들의 신상 정보가 직원들에 의해 유출되는 사고가 빈번히 일어나고 있습니다. 따라서 보안 관리 규정 5조 7항에 의거하여 수시로 보안 점검을……'

'비업무 관련 사이트 접속을 자제해 주시고…… 수상한 메일이나 메시지를 받으실 경우 1588-……로 즉시 연락을……'

제목 앞에 '중요'라는 글씨가 빨간색 볼드로 박혀 있어 평소

같으면 바로 '읽음' 처리하거나 아예 지워 버릴 메일을 다 읽어 버렸다. 상대방이 전화를 받으면 붙잡고 1분 이상 떠들어야 실적을 올릴 수 있는 텔레마케터라도 되는 양 보안실장은 꽤 긴 메일을 쉼표 한번 제대로 안 찍고 전 직원에게 보냈다.

나름 지은 죄가 있기에 뭐 걸릴 게 있나 잠깐 생각해 본다. 지난 10년간 PC로는 문서 작업과 이메일, 모바일로는 전화, 카톡만 해 왔던 나이기에 지난 1년간 폭증했을 SNS, 그것도 데이팅 앱에서의 트래픽을 생각해 보면 약간 떨리지 않는 것도 아니지만 '내담자 신상 정보'라니……. 난 결백하다.

집에 갈까 하는데 폰 진동이 울린다. 예고 없는 전화가 반가울 사람은 단 하나. 하지만 그는 내 번호를 모른다. 떨리는 마음으로 '통화'를 누른다.

[여보세요? P시 남구 경찰서 교통계 C경사입니다만, 혹시 좌승훈 씨 지인 되십니까?]

뒤통수를 감전당한 느낌. 목소리조차 내지 못하다가 몇 초간의 어색한 침묵을 깨고 묻는다.

"아, 예. 제가 승훈 학생 담당 임상 심리 상담사인데 뉴스를 보고……. 아니, 그냥 별일 없나 싶어서요."

[현재 이 전화 소지자는 사고와 관련되어 폰을 우리 경찰에서

확보하고 있습니다. 중요한 사항이므로 곧 자세히 안내해 드리겠습니다. 선생님 성함을 좀 알려 주시겠습니까?]

이제 온몸이 저려 온다. 난 대답도 못 하고 전화를 끊는다.

*

러시아와 우크라이나의 전쟁은 계속되고 있다. 시리아에서는 영원할 듯했던 아사드 정권의 독재가 붕괴되었다. 미얀마에서는 쿠데타로 정권을 잡은 군부의 통치가 계속되면서 반군들은 나라의 변방에서 투쟁을 지속하고 있다. 이 밖에도 크고 작은 무장 투쟁들이 셀 수도 없다.

난 왠지 케니가 이런 곳 중 하나에 가 있을 것 같다. 미국의 이해관계를 따라 무기와 그걸 다룰 수 있는 사람들이 같이 가고 있을 테니. 자신의 업무 중 큰 부분이 현지 정규군을 훈련하는 것이라고 케니도 은연중에 이야기했었다. 어쩌면 그는 이런 분쟁들이 벌어지기 전부터 이미 전장에 있었을지도 모른다. 아니, 틀림없이 그렇다.

〉 사실 그동안 일이 좀 있었소.

화를 내며 왜 그렇게 연락이 없었냐, 왜 화상 통화 안 하고 다시 챗을 하느냐 물어보고도 싶은데 언젠가부터 매니는 나한테 생각할 여유도 주지 않고 자기 멋대로 케니와 대화를 나눈다.

〈 좀 긴 작전을 나갔겠거니 했어요. 당신에게 무슨 일이 생겼을까 봐 많이 걱정했어요. 그리고 좀 아프기도 했죠. 물론 당신 탓은 아니에요.

다른 사람들처럼 그도 밀어내고 있는 건 아니냐며 항변하더니 지 마음대로 내 통증에 관해 이야기하고 있다. 케니의 무반응이 3분쯤 이어지자 다시 내 불안감은 고조된다. 하지만 그가 다시 입을 열자 그 직전까지의 생각과 감정은 모두 사라진다.

〉 아내와 헤어졌소. 아이를 데리고 친정이 있는 텍사스로 가 버렸어. 그래서 나도 아팠소.

난 반사적으로 이유를 묻지만, 그의 대답이 필요하진 않다. 이 소식을 어떻게 받아들여야 하는가? 그가 나와 온갖 달콤한 대화를 나누고 나서 부인과는 달콤한 잠자리를 나눌 생각을 하면 항상 명치 끝이 저렸었는데 이제 그럴 일은 없을 것 같다. 하지만 그래서 난 좋은 건가?

〈 뭐라 말해야 할지…….

〉 아무 말도 필요 없소. 그냥 나 자신이 너무 바보 같을 뿐이오. 나라를 지 킨다며 총이나 쏠 줄 알았지, 소중한 가족을 지키는 거나, 사랑하는 당신을 실망하게 하지 않는 거나 하는 정말로 중요한 일들은 당최 어찌해야 할 줄을

몰랐던 거요.

〈 생각하는 것만큼 당신만이 이유는 아닐 거예요. 당신이 하는 일 때문도 아닐 거예요.

그 누구도 케니와 그의 일을 완벽하게 이해하긴 힘들고 결국엔 자신의 이해관계가 우선일 테니까. 갑자기 눈물이 난다. 인생은 때때로 그 주인들에게 참 잔인한 것 같다. 저렇게 목숨 걸고 최선을 다해 사는데 그게 가장 소중한 걸 뺏기는 결과가 되다니.

〉 많이 아팠소?

〈 이러다 죽겠구나 싶었어요. 그게 사실…….

〉 사실?

〈 내담자 중 한 사람이 죽었는데, 그것 때문에 더 아팠어요. 몇 번 왔었는데 문제가 좀 있었어요. 그 때문에 마음에 큰 상처를 입었고요. 근데 전혀 도움을 못 줬어요. 스스로를 치유해 보려고 무척 애를 썼었는데……. 결국 심야에 스쿠터를 타고 뭔가를 배달하다가 차에 치였어요. 스물한 살이었어요. 왠지 사고가 아닌 것 같은 생각이 들어요. 살릴 수 있었는데. 내가 좀 더 적극적으로 그의 문제 속으로 뛰어들었다면…….

〉 매니, 유감이오만 그 일이 당신 때문은 아니잖소. 내가 있는 곳에서는 그 또래의 청년들이 거의 한 달에 한 명씩 죽고 있소. 적진에서는 우리보다 더 많은 수가 죽고 있다오. 자세한 사정은 모르겠지만 세상을 떠난 그 친구,

당신의 말을 들어 보니 나름의 고통이 심했던 모양인데 적어도 거기에서는 벗어난 셈 아닐까? 스러진 전우와 적들이 더 이상 죽음의 공포와 불안에 시달리지 않아도 되는 것처럼.

모르는 건 아니다. 하지만 케니가 말해 주니 다른 느낌이다. 아프고 힘들고……. 하소연할 상황이 아닌데. 위로받을 사람은 그인데. 손가락은 마음을 배반한다.

〈 그런 생각도 들었어요. 만약 내가 이러다 죽는다면 케니가 연락이 안 되는 나를 찾으며 슬퍼하겠지? 그 생각에 안심이 되면서도 당신이 겪을 고통을 생각하면 아팠어요.

〉 뭐라 할 말이 없소. 나 같은 인간 때문에 아팠다니 스스로 혀라도 뽑아 버리고 싶은 맘이구려.

〈 그런 말 하지 말아요. 우리 이렇게 이야기 나누고 있잖아요. 밥은 제대로 먹고 다녀요?

〉 나 자신을 굶겨서 죽일 만큼 독한 인간은 못 되는 것 같아. 죽고 싶으면 글록이 있으니까. 밥은 잘 먹고 다니오.

이런 대화를 계속할 수는 없어 화제를 바꿔 보려 한다.

〈 뭐라도 좋으니 죽음이나 이별이 아닌 다른 것에 관해 얘기해요.

〉 나…… 군도 떠났소.

결국 화제는 죽음이나 이별에 머무른다. 케니가 군인이고 대부분의 시간을 전쟁터에서 보낸다는 게 매니와 그를 연결해 주는 중요한 이유였다. 당장 내일 죽을지 모르는 그 때문에 가슴 졸이지만 동시에 '살아만 있어 다오'라며 매니는 순수한 기다림의 삶을 살 수 있는 것이다. 하지만 난 본심과 다르게 반응해 본다.

〈 잘 생각했어요. 이제 덜 위험한 일을 하게 되는 거죠?

〉 생각 중이오만, 배운 게 도둑질이라고 일을 주는 곳들은 주로 PMC(Private Military Company)들이라오. 어쩌면 군인일 때보다 훨씬 더 위험한 일을 하게 될지도 모르지.

미국도 러시아처럼 최전방에는 자국군이 아닌 PMC를 배치하고 있으려나? 이제 기다리는 가족도 없으니 그는 아주 위험한 일을 하게 될 게 뻔하다. 마음 한편은 '아서라' 말하고 싶고 다른 한편은 '그대의 결정을 존중한다'라며 다시 그를 전장으로 내몰고 싶어진다. 간혹 연락이 끊어질 때면 나를 바닥이 없는 절망과 고통의 나락에 빠지게 하지만 매니와 멋진 한 쌍이 되기 위해 역시 슈트에 단정한 올백 머리보다는, 먼지투성이 유니폼에 헝클어진 머리와 수염이 더 어울리기 때문이다.

〉 PMC로 가게 되면 더 이상 매니한테 돈을 빌릴 일도 없을 거요.

〈 왠지 이미 답은 정해져 있는 것같이 느껴지는군요.

〉 당신 생각은 어떻소? 그냥 내가 생명보험을 팔러 다니거나 마을 보안관

이 되는 게 낫겠소?

이상하게 웃음이 터진다. 방금 저 말은 질문이 아니다. 그가 싸구려 양복을 차려입고 미백의 어색한 미소와 함께 보험을 파는 장면. 모래색 유니폼에 카우보이모자를 쓰고 권태로운 표정으로 순찰차 앞에서 도넛을 먹는 장면이 떠오른다. 잠깐만. 생각해 보니 지금 그는 자신의 인생 계획을 내게 이야기해 주고 있는 건가?

〈 이렇게 당신 진로에 관한 이야기를 듣고 있자니 나 벌써 떳떳한 당신의 '그녀'가 되기라도 한 느낌이에요.

〉이미 그런 지 오래되었는데 그리 생각 안 했던 거요?

〈 뻔뻔하긴. 남자들은 다 그런가요? 나 딱히 당신 돌싱되었다고 좋아하거나 하는 거 아니니 오해하지 마요. 나름 도덕을 아는 여자라고요.

〉이혼이 당신 탓이 아니라고 자신 있게 얘기할 수 있는 건 내 결혼이 지속되었더라도 내가 당신을 사랑하는 마음은 변함없을 자신이 있었기 때문이오.

저 혀 놀림 좀 봐. 어쩌면 PMC보다 보험 영업이 맞을지도 모른다는 생각이 든다.

*

편 여사는 검은색 보석이 박힌 네잎클로버 다섯 개가 얇은 골드 체인으로 이어져 있는 팔찌를 만지작거린다. 아코디언처럼 세로로 주름진 회색 원피스와 그걸 덮으려는 건지 아니면 오히려 부각하고 싶은 건지 목적을 알 수 없는 쇼킹 핑크 카디건. 백과 구두의 가죽은 크림슨 레드. 1주에 한 번 자신의 부를 과시하는 날이다.

"오늘 너무 예쁘고 세련미가 넘치셔요. 뵐 때마다 몇 년씩 젊어지셔서 조만간 저랑 비슷해지시겠는데요."

"차라 마! 어울리지도 안쿠로 뭔 아부가?"

퉁명스러운 말투와 다르게 광대가 승천하려 하고 있다. 그런 그녀를 보고 나도 웃으며 묻는다.

"아드님과 지난주 일에 관해 이야기 나눠 보셨어요?"

이미 충분한 라포르(Rapport)는 형성된 사이이기에 좀 더 직접적으로 들어가 본다. 며칠 전 그녀는 자꾸 사업 자금을 대 달라는 아들의 얼굴에 저녁으로 먹으려던 삶은 홍게 다섯 마리를 다 던져 버렸다고 했다.

"내 왜 글마랑 말을 쓰까야 하는데? 니도 알잖아, 그 얼마나 못된 놈인지."

그녀는 다시 팔찌를 만지작거린다. 시선은 자신 앞에 놓인 대추차에 머물러 있다.

"그럼요, 꼭 말씀하셔야 하는 건 아니에요. 다만 왜 그런 행동을 하셨는지, 어떤 감정 상태였는지 말씀하시는 게 좋을 것 같아서요. 그걸 정말 알아야 할 사람한테요."

온갖 궂은일을 마다하지 않고 살아온 어머니 덕에 온실 속 화초로 성장한 자식들. 막상 그 온실 밖에서 살아갈 수 없는 존재들이 되어 버린다. 홀로서기 위해서는 먼저 정서적 독립이 필요한데 어느 일방의 노력만으로 되는 것이 아니다. 몇 번의 세션에서 반복될 수밖에 없는 내 이야기를 듣는 둥 마는 둥 한다. 그러다가 갑자기 고개를 들어 의심스러운 눈초리로 나를 위아래로 훑으며 묻는다. 아니, 이미 스스로 답을 얻은 듯한 표정이다.

"근데 니 요새 머 좋은 일 있나? 몸의 굴곡도 쪼매 튀나오는 기 볼은 불카갔고 예뻐졌다 아이가. 동만 쌤 니 남자 생깄나?"

이제는 약간 현실에 가까워진 꿈, 미국에 가서 케니와 같이 사는 상상을 하다 보니 구름 위에 떠 있는 듯 몇 주를 보냈었다. 때때로 세션 중에 내담자들이 그런 나를 지상으로 끄집어 내려야 할 정도로.

편 여사의 시선에도 불구하고 난 슬쩍 전신 거울을 본다. 매니가 되어 가고 있는 내가 마주 본다. 항상 단정히 묶어 올리던 갈

색의 장발은 검게 물들면서 단발이 되었다. 쓸데없는 디테일을 버리고 생기와 내추럴함에 집중한 메이크업에 얼굴색 톤이 훨씬 밝아졌다. 교사나 사서처럼 보이는 스커트는 버리고 블루와 블랙이 섞인 바지 정장을 입었다. 몸을 드러내지도 않았는데 묘하게 육감적인 이유는 뭘까? 미영의 화장, 패션, 그녀가 잘 보는 뷰티 유튜브까지 벤치마킹한 결과였다.

"아이고, 어무이요. 벨말씀 다 하시네예. 모르는 남자랑 말 쓰까 본 기도 너~무 오래돼 가 이젠 우연히 누구랑 눈이라도 마주친다카믄 뒤부터 돌아본다 안 합니꺼? 당연히 내를 보는 기 아닌 줄 알고요."

그녀의 말투를 흉내 내어 너스레를 떨어 본다.

어머니뻘 되는 오랜 단골이다. 자수성가한 사람. 사회적 성공이 개인적 성공을 못 따라온 케이스다. 최근 사망한 남편과 이기적인 자식들. 오로지 돈이 매개인 인간관계 일색으로 우울증에 분노 조절 장애까지 있다. 하지만 이렇게 날 꿰뚫어 보고, 많은 경우 문제 해결 능력이 나보다 훨씬 낫다.

창밖에 때 이른 봄비가 내린다. 난 창문을 열고 잠시 그녀와 바람에 실려 들어오는 흙냄새를 맡는다. 그러다가 눈이 마주치자 누가 먼저라고 할 것도 없이 웃음이 터진다.

"저 봐라, 틀림없이 바람났네. 살랑살랑 봄바람 타고 말이다. 부럽기도 하고, 참말로!"

*

〉나 다시 전장으로 돌아가오. 내가 전에 한번 이야기한 적이 있지 않았나? 고향 친구 조니라고. 나보다 좀 먼저 전역하고 PMC에 자리를 잡았소만 이번에 맡은 프로젝트에 나를 계약직 용병 성격으로 끼워 주겠다는구려. 아마 3개월에서 1년까지 걸릴 듯하오.

〈 우크라이나? 시리아? 미얀마? 어디로 가는 건가요? 그거라도 좀 말해 줘요. 이제 뭐 '국가 안보' 이슈 따윈 없는 거 아닌가요?

〉여전히 내 모든 커뮤니케이션은 감시 대상이오. 전엔 군 정보부가 하던 걸 이젠 회사 사이버 보안 부서가 한다는 차이 정도지.

〈 당신이 정 불편해질 것 같으면 말 안 해도 돼요. 억지 부리지 않을게요. 알아낼 방법이 없는 것도 아니고.

지구상에 전장은 많다. 생각해 보면 인류의 자기 파괴적 본능 때문에 크고 작은 무력 분쟁이 끊이지 않고, 그 끝에 케니 같은 인물이 탄생했을지도 모른다. 그런 그에게 빠져들수록 그가 거듭 돌아가야만 하는 전장에서 죽음이나 부상의 가능성이 날 잠

못 이루게 한다.

〈 언제 돌아오나요?

〉알잖소, 기약 없다는 거. 물론 상황이 허락하면 주기적으로 후방이나 아예 제3국에 휴가를 갈 기회는 있을 거요. 그러고 보니 이제 굳이 미국으로 갈 필요도 없소. 매니 보러 P시에 갈 수도 있겠소.

〈 가볍게 말하지 말아요. 지금까지 올 가능성도 없는 당신을 그렇게 기다렸는데 이젠 식음을 전폐하고 공항이나 기차역 앞에 텐트를 치게 될지도 몰라요.

〉왜 맘이 부풀지? 힘들 땐 공항이나 역에서 노숙자 차림으로 기다릴 당신을 생각하며 힘을 내 보겠소.

〈 밤에 고열에 시달리다 잠에서 깨면 춥지만, 차라리 창문을 열고 밖을 바라볼 때가 있어요. 불빛 사이로 스며들어 있는 어둠이 내게 말을 거는 것처럼 바람이 불죠. 계절이 바뀌어 이제 새로운 공기가 들어올 텐데 어쩌면 그게 당신이 내게 보내는 전갈일지도 모른다는 생각이 들어요. 화약과 흙과 피와 땀과 죽음의 냄새가 많이 섞여 있지만 당신의 냄새라면 게걸스럽게 들이마시고 절대 내뱉지 않아요. 죽지 말아요. 빌어먹을. 살아서 날 보러 와요!

*

"여보세요?"

[네, 보안실입니다. 무슨 일이시죠?]

'감사합니다. 보안실입니다. 무엇을 도와드릴까요, 고객님!'을 기대했던 건 아니지만 중년 남성의 탁한 저음은 권태롭기 짝이 없다. 말 걸기 두렵다.

"제가 로그인이 안 되어서요. 에러 메시지를 보니 이 번호로 연락하라고 되어 있네요."

[심동만 선생님이시죠?]

"네, 맞아요. 심리 상담 센터 소속이고요."

[그동안 병원 네트워크 보안 시스템을 통해 선생님의 기기에서 이상 징후들이 발견되어 저희가 점검 중인데요. 5분 후에 로그인하실 수 있을 겁니다.]

'이런, 나름 조심한다고 하긴 했는데.'

케니와 커뮤니케이션들. 그래서 병원 PC는 잘 사용하지도 않고 주로 전화기로만 했던 건데 아예 와이파이 자체를 꺼야 했던 건가? 내가 말없이 좀 오래 있는지 남자는 내가 아직 있는지 확인한다.

[여보세요?]

"저…… 구체적으로 무슨 이상 징후였는지 알려 주실 수 있을까요?”

[아 네, 뭐 걱정하실 만한 건 아니고요. 야근이 잦으신가 봐요? 근무 시간 이후 접속이 좀 많네요. 그리고 보안실 내부적으로 관리하는 요주의 IP들이 있어서요. 주로 쇼핑이나 채용 사이트들이긴 한데요. 일부 ‘문제 지역’의 서버들도 포함됩니다. 거기서 오는 신호가 수신된 기록이 많을 때는 병원 시스템이 레드 플래그를 올립니다.]

“전 뭐 그런 일은 없을 텐데요. 유튜브 같은 거 잘 보지도 않고 인스타는 아예 할 줄도 모르는 걸요. 호호.”

갑자기 목소리 톤이 올라가고 헛웃음까지. 제 발 저린 티를 아주 제대로 내고 있다. 일부 ‘문제 지역’이라고? 말하자면 중동이나 러시아 국경, 동남아시아 같은? 좀 늦었지만 이제 케니와 연락할 땐 외부망만 사용해야 할 모양이다. 보안실에선 뭘 얼마나 알고 있는 걸까? 케니의 존재, 그와의 대화 모두?

뭐 들여다보려면 들여다보라지. ‘내담자의 신상 정보’ 따위 유출하고 있지 않으니. 근데 안 들여다보면 더 좋긴 하다. 자기 자신에 대해 가장 많이 이야기해 온 시간이 아닌가? 거기에 그 얄궂은 표현들. 물론 내가 아닌 매니가 뱉어 낸 것들이긴 하지만.

난 부끄럽지도 않지만 자랑스럽지도 않다. 그러고 보니 얼마 전부터 편 여사뿐 아니라 사람들의 시선이 좀 달라진 듯한 느낌이 있다. 슬금슬금 눈치를 본다고 할까? 내가 그들에게 이야기하지도 않은 뭔가를 이미 다 알고 있는 것 같다고 할까? 심지어 약간 감시당하는 듯한 느낌도 있다. 정상적으로 로그인은 했지만, 왠지 기분이 더럽다. 케니도 이런 식으로 감시당한다고 했는데.

"무슨 일 있으신 거예요?"

전화를 끊자마자 나눠 먹자며 과자와 음료수를 가지고 들어온 미영이 걱정스러운 표정으로 내 얼굴을 살핀다.

"아니, 그런 건 아니고……."

나는 방금 통화한 내용을 말해 준다. 별말은 없지만 묘한 그녀의 표정.

"미영 쌤 혹시 최근에 내 PC로 작업한 적 있어? 야근 많이 하잖아."

"아니요. 그럴 리가요. 늦은 작업은 제 노트북으로 하는걸요."

나는 말없이 고개를 끄덕이고, 그녀는 후속 질문을 기다리다가 천천히 몸을 돌린다. 뭔가 다른 걱정거리라도 있는지 방을 나가며 비치는 옆얼굴에 팔자주름까지 올라와 있다.

*

〈그게 나였으면 좋겠어.〉

〈〈뭐가요?〉〉

〈케니를 지켜보는 거 말이야. 24시간 일거수일투족을 훔쳐보고 싶어.〉

〈소름 끼쳐요, 언니. 그 무슨 팝송 가사 같아.〉〉

머릿속에 'Every Breath You Take'의 후렴구가 울려 퍼진다.

〈〈그렇게 계속 보고 있으면 원치 않는 모습도 보게 될 텐데요? 코 파고 방귀 뀌고 아내와 딸과 사랑한다고 말하고(이건 이제 끝이군요.) 작전 나가 죽이고 또 죽을 뻔하고…….〉〉

〈상관없어. 그냥 하루 정도만이라도 그의 일상을 지켜보고 싶어. 네가 나를 지켜보듯이.〉

〈〈그렇게 생각만 하지 말고 그를 보러 가는 게 어때요?〉〉

〈어디 있는 줄 알고?〉

〈〈어딨는지 알잖아요. 보안실과 통화해 보고도 몰라요?〉〉

〈어디? 후보지가 대여섯 개도 넘어.〉

〈〈알아보자고요. 그리고 이 기회에 가는 거예요. 겁날 게 뭐 있어요?〉〉

〈날 보면 실망할 거야, 매니 너처럼 젊고 예쁘지 않아서.〉

〈〈언니가 어때서? 거울 한번 봐요. 언니 꽤 괜찮아요. 피부도 희고 눈썹도 짙고 입술도 빨갛고…….〉〉

휴대폰을 셀카 모드에 놓고 매니가 말한 대로 내 얼굴을 본다.

이상하게 정말 그런대로 쓸 만하다 느껴진다. 창밖으로는 P대학의 캠퍼스가 보인다. 싱그러운 봄 날씨에 모처럼 젊은이들이 가득하다. 천천히 휴대폰을 내려놓고 사무실 문을 잠근다. 햇살이 들어온 곳에 스포트라이트를 받은 배우처럼 서서 전신 거울을 본다. 웃다 찡그렸다…….

조금 전 혼자 카페 아르고에서 테이크아웃해 온 블랙 글레이즈드 라테를 한 모금 마신다. 뭔가 덩어리가 꿀렁하고 넘어간다. 달걀? 캐러멜? 달고 부드러운 것이 식도를 통해 위장으로 가는 것이 아니라 인두를 통해 뇌로 가는 느낌이다. 술을 마실 때와 반대로 내 모든 감각이 각성한다. 크고 높은 소리로 웃어젖히고 싶어진다. 마치 미영, 아니 매니처럼 갑자기 어려지기라도 한 듯한 기분이다.

여러 가지 표정과 포즈를 취해 보다가 난 머리 위로 옅은 회색 터틀넥부터 벗어 버린다. 그리고 며칠 전 구매한 스키니 블랙 진의 지퍼도 내린다. 팬티와 브래지어와 양말과 슬리퍼 바람이 될 때까지 거울에 비친 나 자신에게서 눈을 떼지 않으면서.

팔다리에 돋는 닭살은 아직 선선한 날씨보다, 일터에서 알몸이 되어 가고 있다는 흥분 때문인 것 같다. 위아래 속옷까지 제거하고 실오라기 하나 걸치지 않은 맨몸으로 거울 속을 응시한다. 그렇게 하면 무슨 영화에서 봤던 것처럼 우울한 40대 후반의 슈트를 벗고 30대 중반의 상쾌한 매니가 나오기라도 할 듯이. 손을 겨드랑이와 가랑이 사이에 넣었다 빼고 냄새를 맡아 본다. 그리 역하진 않다.

〈〈언니, 뭐 하는 거예요?〉〉

〈있잖아, 바르프의 아르고호처럼 나를 구성하고 있는 모든 요소들이 케니를 만나고부터 하나씩 새것으로 바뀌어 온 듯한 느낌이야. 오늘 갑자기 그 변화가 한꺼번에 느껴져. 매일 보는 거울이고 또 나 자신이지만 느껴져.〉

〈〈내가 뭐랬어요? 언니 예쁘고 매력 있어요. 냄새도 좋고.〉〉

〈칫, 예쁘긴…….〉

하면서도 처음에 옷을 벗기 시작했을 때 단 한 군데라도 예쁜 데가 있을지 애써 살펴볼 것을 예상했던 것과 정반대로 크게 흠잡을 곳이 어디냐는 마음으로 나 자신을 보고 있다.

케니는 적어도 며칠에 한 번, 길어도 일주일에 한 번 정도는 기별하고 있다. 사무실에서 나 자신을 새로이 만났던 이래 내 마음이 조금 달라진 걸 느낀다. 그의 물리적 실체를 만나 같이 시간을 보내고 싶은 욕구가 강해졌다고 할까? 자신감이 조금 상승

했다고 할까? 물론 매니와 다른 모습을 보고 어찌 반응할지 두려운 마음이 없는 건 아니지만 왠지 지금 행동하지 않으면 그를 점점 만나기 어려워질 것 같은, 아니 영영 못 만나게 될 것 같은 생각까지 든다.

'구글신'이라 부르던가? 'From P시 to 키이우' 혹은 'to 다마스쿠스' 혹은 'to 양곤'을 키워드로 검색해 보니 5분 만에 어떻게 가야 하고 비용은 얼마나 드는지 상당히 구체적인 지식의 습득이 가능하다. 모두 여행 금지 혹은 주의 지역. 한 군데도 쉽게 갈 수 있는 곳은 없다. 매니가 미소 짓는 게 느껴진다.

〈그냥 확인만 해 보는 거야. 보지도 못하니?〉

3. 동만

내 감정 상태와 무관하게 갑자기 찾아온 발열과 통증. 예약 내담자들 때문에 쉽게 일을 쉴 수도 없어 꾸역꾸역 출근한 지 일주일이다. 같은 기간 케니도 조용하다. 일부러 연락을 끊었을 리는 없고, 역시 어딘가에서 전투에 참여하는 중이리라. 간신히 예정된 상담 두 건을 마친다. 손가락 까딱할 힘도 없다. 퇴근까지 세 시간. 흉하게 부어오른 무릎을 본다. 아무래도……. 절뚝거리며 조퇴하고 집에 갈 준비를 하는데 세렌디피티 알람이 울린다. 반가우면서도 왠지 불안한 마음을 누르고 앱을 활성화한다.

〉Hi, Mannie. 저는 케니의 친구 조니(Johny)라고 합니다. 불가피한 사정이 있어 대신 연락드립니다.

뭐라고? 분명 들은 적은 있는 이름이지만 너무 갑작스러워 다시 묻는다. 누구시냐? 케니와는 어떻게 아느냐? 불가피한 사정이란 게 무엇이냐?

〉케니가 저에 대해서 얘기한 적이 있을 겁니다. 그 녀석이 작전 나갔다가 인질로 잡혔습니다. 위험한 작전이라 나가기 전에 이런 급박한 상황이 발생하면 연락을 취해 달라고 이 계정의 아이디, 비번을 알려 준 적이 있어요. 매니의 다른 연락처가 없다면서요.

고향 친구에, 이번에 같이 참전하자고 했다는 사람. 세렌디피티 계정을 공유해 줄 정도로 가까운 사이였나?

〈 이런……. 지금 어디 있어요? 다치지는 않았나요?

〉아, 그렇지는 않은 것 같은데, 매니 도움이 필요합니다.

〈 그게 뭐죠? 그게 뭐든 말해 줘요. 당장 오라면 달려갈 수도 있어요.

〉지금 케니를 데리고 있는 자들이 딜(Deal)을 걸어 왔습니다.

〈 케니를 데리고 있는 사람들? 딜이라구요?

〉저와 함께 지역 사업가를 경호하는 작전을 수행하고 있었는데, 며칠 전 반군 게릴라들이 습격해서 사업가와 함께 케니를 납치했습니다. 사업가는 몸값을 지불하고 풀려났는데 케니만 아직 잡혀 있는 거예요. 몸값 10만 불을 내놓으면 풀어 주겠다고 합니다.

케니 부모님은 오래전에 돌아가셨고, 전처는 연락이 안 되고, PMC 회사에서도 외면하는 바람에 그를 도울 사람은 나뿐이라는 것이다. 거친 사람들에게 잡혀 케니가 무슨 일을 당하고 있을지 생각하면 10만 불이라도 기꺼이 쓰겠지만, 아직 조니가 누구인지 케니의 친구는 맞는지 몰라 불안하다. 하지만 그의 다음 이야기는 약간의 안도감을 준다.

〉지금 여기서 저쪽과 돈을 주고받을 수 있는 방법은 현금 아니면 암호 화폐뿐입니다. 케니랑 당신이 공유하는 암호 화폐 계정이 있다고 들었습니다. 얼마든 가지고 있는 돈이 있으면 거기 입금해 주십시오. 그럼 내가 반군들에게 그 소식을 전하고, 몸값은 케니가 직접 인출해 전달할 겁니다.

10만 불은 큰돈이지만 적어도 오늘 처음 이야기 나눈 조니에게 송금할 필요는 없어진 것이다.

〉한시가 급해요, 매니. 해 줄 수 있겠죠?

10만 불이면 1억 5천 가까운 돈. 적금, 펀드, 개인연금저축을 깨고 신용 대출까지 받아야 겨우 조달이 가능한 금액이다, 막막

하다. 시야가 평소의 10분의 1로 줄어드는 느낌이다. 하지만 고민 끝에 '해 볼게요.'라 답한다. 조니가 읽지 않는다. 그리고 안 읽음 표시가 남아 있는 채로 30분이 지날 때까지 난 아무것도 못 하고 휴대폰 화면만 뚫어지게 바라본다.

*

처음 몸값을 받아 간 뒤 일주일 만에 다시 연락이 온다.

10만 불을 너무 쉽게 내어 줬던 걸까? 반군들이 몸값을 50만 불 추가했다고 한다. 전처는 여전히 연락이 안 되고, PMC 회사에서는 이제 자신까지 외면하는 바람에 케니에게 도움을 줄 사람이 이 세상에 나 하나뿐이라는 것이다.

《《언니, 뭘 망설여요?》》

《50만 불은 큰돈이야. 저 돈을 보내고 나면 다시는 일상으로 돌아갈 수 없게 될 거야. 케니는 믿지만, 조니는……. 만에 하나 그가 케니의 세렌디피티 비밀번호를 몰래 알아냈다면? 사랑의 금고도?》

《《그럼 안 보낼 거예요?》》

《그럴 수도 없지. 괜히 시간 끌다가 케니가 다치기라도 하면…….》

《《혹시 케니가 풀려난 후에 언니와 잘 안 될 가능성도 생각하는 거예

요? 그러면 언니는 모든 걸 다 잃게 되니까 두려운가요?》》

〈거기까지는…….〉

《《직접 들고 가는 건 어때요? 케니도 살리고 언니 사랑도 지키고. 현금 아니면 암호 화폐라니까.》》

〈거기가 어디라고…….〉

《《미국같이 먼 곳에 갈 생각도 했으면서 뭐.》》

〈그리고 5만도 아닌 50만 불인데 한꺼번에 달러 뭉치로 바꾼다는 게…….〉

《《언니 내담자 중에 그 할머니 있잖아요, 편 여사. 금융업 하신다면서 사실 사채부터 환치기까지 하시는 분.》》

〈그 양반이 알게 되면 P시가 다 알게 될 거야. 내 부탁을 들어줄지도 알 수 없고.〉

《《시도라도 해 봐야죠. 이 상황이 어떻게 끝나든 어차피 일상으로 다시 못 돌아가요. 아니, 진심으로 돌아가고 싶어요? 케니 없이는 매일 조금씩 나빠지기만 할 그런 삶 말이에요.》》

그래, 케니가 먼 곳에서 고통받으며 내 도움을 기다린다. 그를 돕기 위해 직접 나선다는 건, 내가 이타적이고 희생을 감내하는 인간이라서가 아니다. 사랑하는 사람을 위해 할 수 있는 최소한이기 때문이다. 또 그렇게 오랜 시간 동안 내가 고대해 왔던 탈

출구일지도 모른다. 정체되거나 서서히 썩어 가는 삶에서 벗어나게 해 주는…….

〈 내가 현찰 들고 직접 가겠어요.

랜선 저편에서 조니가 기함을 하는 모습이 그려진다.

〉뭐라고요? 당신이?

〈 현금 아니면 암호 화폐라면서요?

〉당신 같은 민간인이 온다는 건 상상조차 할 수 없는 곳이란 말입니다.

〈 날 무시하는 건가요? 이래 봬도 군인의 딸인 데다 총도 쏴 봤다고요. TV에서 보니 우크라이나 같은 곳에서는 나 같은 여자들이 밥하다 말고 바로 전쟁터로 나가고 있던데.

〉 여기가 어딘 줄 알기나 해요? 지옥이에요. 절대 근처에 얼씬도, 아니 생각조차 안 했으면 합니다.

〈 어디로 가면 되는지 빨리 말하기나 해요.

〉이런……. 안 돼요. 절대 오시면 안 됩니다.

〈 우크라이나? 시리아? 미얀마? 어디냐고요!

〉매니, 제발!

펄펄 뛰는 조니의 반응은 딱 예상했던 대로이지만 어쩔 수 없다. 이제 더 이상 아프지도 않은 것 같고, '행동하라!'고 매니뿐 아니라 어떤 신적 존재가 내게 계시를 주고 있는 것도 같다. 배

낭 한가득 달러 현찰을 가지고 가서 내 손으로 케니를 직접 되찾
은 다음 그와 새로운 삶을 향해 달려갈 것이다.

II. 케니를 찾아서

4. 미영

그녀를 찾을 수 있을까? 난 어디로 가야 할까?

실장은 방콕이라 했지만, 편 여사는 치앙마이라 했다. 동만의 종착점에 더 가까우리라 판단해서 치앙마이를 선택했다. 그리고 그길로 비행기를 탄 것이다. 관광객들로 만석일 거라 상상했던 비행기는 생각보다 한산하다. 많은 비를 동반한 열대성 저기압 예보 때문일까?

도착하면 어떤 순서로 움직일까, 생각해 본다. 제일 바람직한 건 그녀 모르게 내가 먼저 찾는 것이다. 막연히 그녀가 호텔에 투숙하고 있을 거라 가정해 본다. 시내에 호텔이 몇 개나 될까? 만약 호텔이 아닌 곳에 있다면? 아니, 애당초 치앙마이에 있다는 보장조차 없다.

물론 그녀의 휴대폰으로 연락해 볼 수는 있다. 하지만 사라진 이래 전화도 카톡도 받지 않고 있다. 설령 받는다 하더라도 그냥 '어디 계시냐?'라며 접근할 수는 없는 일 아닌가. 나라도 당장 의심할 것 같다. 치앙마이는 방콕과 비행기로 두 시간이 안 되는 거리이니, 아니 자동차로도 채 열 시간이 안 걸리니까 이미 와 있을 수도 있다.

내가 갈 호텔에 묵고 있을 수도 있다. 우연히 만나게 되면 그녀는 날 보고 어떤 표정을 지을까? 내가 아는 동만은 그리 당황하지도 않을 것 같다. 설령 그녀가 당황하더라도 내가 아닌 척해야 할 것이다. 어머, 선생님. 여기 어쩐 일이세요? 저도 휴가 왔는데. 혼자 오셨어요? 너무 잘됐다, 같이 다녀요…….

저가 항공에서도 기내 면세점은 운영하는 모양. 스튜어디스들이 예약 구매 고객들에게 면세품을 가져다준다. 옆에 앉은 중년의 중국인 남자도 이것저것 받는다. 여성용 지갑과 향수. 선물일까? 롤렉스 오이스터 시계에 돌체앤가바나 티셔츠, 디올의 스니커즈. 그의 몸을 감고 있는 아이템 하나하나가 그 주인과 매치되지 않고, 아이템끼리도 작정하고 그런 것처럼 안 어울린다. 하지만 그에게 루이뷔통과 불가리를 선물받는다면 일단 웃으며 받아는 줄 것 같다. 난 부자인 게 어울리는 사람인데. 그나저나 동만은 그 많은 돈을 어떻게 가져올까?

생각이 너무 많은 건가? 잠이 오지 않는다. 불현듯 뒤통수를 치는 기억. 난 핸드백에서 짙은 대추색의 책을 꺼낸다. 이걸 왜 가져왔지? 생각해 보면 동만의 아파트에서 나온 순간부터 지금까지 꺼내서 펴 본 적조차 없는 것 같다. 좀 뒤적거리다 보면 잠이 올 것 같기도 해서 아무 페이지나 펴 본다. 근데 첫 문장부터 내 마음을 사로잡는다.

'우리는 우리의 욕망을 잘 알지 못한다. 따라서 그걸 통제할 수 있다는 믿음은 마치 서프보드 위에서 내 몸을 컨트롤할 수 있다면 파도 자체를 쥐락펴락하는 것과 다름없다고 믿는 것과 같은 것이다. 또한 이런 종류의 통제력은 분명 그 한계가 있는데……'

쇼핑 중독자를 다룬 사례는 더 솔직하다. 수많은 정신과 의사와 임상 심리 전문가가 그녀의 문제를 해결해 보려 시도하지만 결국 그녀는 이혼당하고 집도 잃고 나서야 자신의 욕망과 공생하는 법을 배우게 된다.

'초기에 그녀가 스스로의 욕구를 이해할 수 있도록 돕는 노력에 대부분의 에너지를 써야 했는데 성급하게 그걸 누르려는 구체적 대응 방법에만 집중했던 것이 패착이었다.'라고 저자인 바우먼은 지적하고 있다. 이 책을 놓고 동만과 토론이라도 해 보고 싶은 생각이 든다. 그녀에게 한 방 먹이는 결과가 될 것 같아 살짝 웃음이 난다. 결국 처음부터 다 읽고 나니 여섯 시간이 좀 안 되는 비행이 끝나 가고 있다.

공항 도착 로비는 P시에 있는 작은 공항의 그것만 하다. 마중하러 나온 숙박업소 기사들이 다양한 언어의 이름 팻말을 들고 있다. '현미영'도 있을까? 입국장 문이 열릴 때마다 나오는 사람들의 얼굴을 훑는 그들의 시선이 느껴진다. 기다리는 사람이 없는 걸 알면서도 이상하게 조금 두리번거리게 된다. 공항 택시나 찾자. 시내 숙소까지 150밧 정찰제. 반값으로 가는 방법도 있다고 하지만 사소한 일에 에너지를 쓰고 싶지는 않다.

환전소, 렌터카, 작은 식당과 가게들을 지나 유튜브에서 봤던 택시 부스를 발견한다. 좀 전까지는 느끼지 못했는데 문득 옆얼굴이 간지럽다. 살짝 고개를 돌려 보니 방금 전 숙박업소 기사들의 뒷모습이 보이는데 그중 한 사람이 나를 바라보고 있다. 넓은 이마, 선글라스, 팻말……. 나를 보는 건가, 내 쪽을 보는 건가? 그의 시선을 따라 뒤를 돌아보지만, 마땅히 눈에 띄는 사람이나 물건은 없다.

왠지 기분이 안 좋아져서 화장실로 간다. 누구지? 난 이곳이 처음이고 아는 사람이라고는 없다. 변기에 앉아서 그제야 두근거리는 가슴을 진정시킨다. 거울 앞에서 옷매무새도 다듬고 화장도 고친다. 기어이 콤팩트를 뚫고 도드라져 나온 팔자주름이 눈에 거슬린다. 그 남자 때문인가? 동만 때문인가? 화장실 문을 열고 목을 잔뜩 빼서 바깥쪽, 특히 입국장 쪽을 본다. 남자가 보이지 않는다. 그래, 그럴 리가 없지. 나를 찾는 사람이 있을 리가. 한 번 더 심호흡하고 밖으로 나간다.

택시 부스를 향해 가고 있을 때 누군가 내 등을 가볍게 터치한다. 돌아보자 눈 아래 예의 넓은 이마와 선글라스가 보인다. 현지인 중에서도 원주민의 유전자가 대부분인 듯 작고 검은 남자. 멀리서 봤을 땐 몰랐는데, 자 대고 깎은 듯 각진 턱이 위험하게 느껴진다. 그의 얇은 입술이 움직인다.

"매니?"

처음에는 못 알아듣는다. 하지만 그가 뭔가 보라고 손가락으로 가리킨다. 그 끝을 따라가 보니 'Mannie'라고 삐뚤빼뚤 쓰인 이름 팻말이 있다. 난 그 사람이 아니라는 뜻으로 고개를 젓는다. 순간 선글라스 뒤 눈이 번뜩이는 듯하다. 위아래로 훑어보며 진실인지 확인하려 하는 느낌이 든다.

말없이 원래 가려던 방향으로 가기 위해 그에게 등을 돌린다. 이번에는 눈앞에 하와이안 셔츠 두 개가 나타난다. 하나는 빨간색 바탕에 노란색 야자수, 다른 하나는 파란색 바탕에 검은 갈매기. 빨간색은 뚱뚱하고 파란색은 키가 크다. 빨간색은 대머리에 목이 없고 파란색은 더벅머리에 얼굴을 가로지르는 흉터가 있다. 말없이 피해서 걸어가려 하지만 두 사람은 내 앞을 막는다. 본능적으로 뒤를 돌아보자 선글라스의 입꼬리가 올라가 있다.

“친구분 부탁으로 마중 나왔습니다. 조니 아시죠?”

그의 망가진 영어 속에서 ‘프렌드’와 ‘조니’라는 단어를 겨우 알아듣는다. 나한테는 매니라며?

“아니요. 누구죠? 매니는 또 누군가요? 뭔가 오해가 있는 거 같은데…….”

압박하며 둘러싸는 세 남자. 머리 아플 정도의 박하 향을 뚫고 양파와 땀 냄새가 난다. 파랑을 밀치고 벗어나 보려 한다. 하지만 어느새 내 유일한 짐인 캐리어의 손잡이는 빨강이, 핸드백 스트랩은 파랑이 잡고 있다. 경찰이나 공항 경비대, 아니면 누구라도 찾아 도움을 청하려고 필사적으로 주변을 둘러본다. 그때 선글라스가 자신의 폰 화면을 보여 주고, 난 무릎 아래가 무너져 내리는 듯한 느낌을 받는다.

이렇다 하게 반항도 못 해 보고 선글라스, 빨강, 파랑에 둘러싸여 11번 게이트로 나온다. 이미 앞에 세워져 있는 검은색 세단. 저걸 타면 죽을지도 몰라. 죽을힘을 다해 양쪽에서 나를 잡고 있는 빨강과 파랑을 뿌리치고 도로로 뛰어나간다. 경적 소리. 급정거하는 소리. 타이어 타는 냄새. 엉덩이와 오른손이 뜨겁다. 한 남자가 나와서 나를 내려다보며 뭔가 소리친다. 한마디도 못 알아듣지만, 욕지거리라는 건 표정과 말투에서 느껴진다. 그의 뒤로 버스가, 또 그 안에 무슨 일인지 보려고 내다보는 사람들이 보인다.

도와 달라고 말하려 할 때 몸이 공중으로 떠오른다. 그런 나를 보고 욕하던 남자는 갑자기 겁먹은 표정이 되어 입을 다물고 차로 돌아간다. 드디어 입이 떨어지고 절박한 비명이 나온다. 하지만 이미 검은색 차 뒷자리, 빨강과 파랑 사이에 앉아 있다.

선글라스의 폰 화면 안에서 나는 웃고 있었다. P공대 캠퍼스를 배경으로 S병원 가운을 입고. 그 사진은 어떻게 손에 넣었을까?

에어컨을 틀어도 차 안이 금방 시원해지지 않자 빨강은 정수리를 수건으로 닦고 파랑은 손부채질을 한다. 선글라스는 잠시 창문을 연다. 후텁지근한 공기가 흙냄새와 함께 들어온다. 그제야 앞 유리를 통해 눈에 들어오는 먹구름. 터지기 직전 거대한 풍선처럼 위협적이다. 공항으로 올 줄 어떻게 알고 기다렸을까?

"어디로 가는 거죠?"

내 영어를 알아들은 듯한데 답이 없다. 선글라스의 목 뒤쪽으로 보이는 '참을 인' 자 문신. 태국인이 아닐 수도 있다는 생각이 든다.

몇 번이나 마른번개가 치고 비가 내리기 시작한다. 구름과 같은 검은색 빗방울이 앞 유리를 때린다. 이제 냉방이 제대로 돌아가는지 차 안은 춥다. 얇은 원피스에 망사 카디건 차림인 나는 몸을 움츠린다. 뭔가 해야 하는데, 이대로 조용히 끌려갈 순 없는데. 목소리를 높여 다시 말한다.

"대체 어디로 가는 거냐고?!"

빨강은 흠칫 놀란다. 파랑은 뱀 같은 눈으로 노려본다. 운전대를 잡은 선글라스는 백미러로 내 얼굴을 잠깐 보더니 왼손 검지를 들어 자기 입에 갖다 댄다. 이들은 누구인가? 왜 이상한 이름으로 나를 부르는 건가? 어디로 가고 있으며, 날 어쩌려는 걸까? 스스로 몸을 감싸안은 채 비로소 떨기 시작한다.

5. 동만

여행의 무게는 짐의 그것과 역의 관계를 가지는 것 아닐까?

이민 가방만 한 캐리어 두 개를 양손으로 끌고 앞뒤로 배낭까지 멘 남자들의 표정이 밝다. 그 옆에 깍쟁이처럼 차려입은 아가씨들도 핸드 캐리 하나씩은 어김없이 끌고 다닌다. 10년 만의 방콕. 직장을 서울에서 P시로 옮기기 직전 남편과 함께 왔었다. 그는 '이별 여행'이라며 뼈 있는 농담을 했다. 그때는 그래도 농담이라 믿고 싶었다.

자기들끼리 지껄이는 이야기는 엿들으려는 노력을 하지 않아도 들려오는데 별 내용은 없다. 이들은 10년 전 내가 그랬듯 왓 아룬(Wat Arun) 사원으로 짐 톰슨(Jim Thompson) 박물관으로 쩟 페어(Jodd Fair) 야시장으로 몰려갈 것이다. 먹고 마시고 마사지를 받고 대마초도 좀 피워 볼까? 고민할 것이다. 나도 그러고 싶다. 하지만 해야 할 일이 있다. 비록 빈 배낭 하나와, 여권과 카드가 들어 있는 벨트 색 하나 지니고 있을 뿐이지만 구해야 할 사람이 있다. 조니는 좌표 하나를 알려 주며 꼭 5일 이내에 오라고 했었다.

공항에서 ARL(공항 철도)을 타고 파야타이(Phaya Thai)까지 가서 BTS(지상철) 스카이트레인 시암(Siam)역 방향으로 갈아탄다. 사판탁신(Saphan Taksin)역 근처에 목적지가 있다. 지상철로 갈아탈 때 비로소 날씨를 깨닫는다. 잔뜩 찌푸려서 한바탕 쏟아질 듯하다. 전철 문이 열리고 닫힐 때마다 비 올 바람이 몰고 온 냄새에 얼굴을 찡그린다. 이내 빗방울이 하나씩 차창을 때리다가 퍼붓기 시작한다. 우산도 없는데.

역에서 편 여사가 적어 준 주소까지는 걸어서 20분이 넘게 걸린다. 우비를 사서 입고 걷기 시작한다. 좋은 날씨였다면 초고층 건물, 깨끗한 거리, 잘 차려입은 남녀들의 모습이 세련되다고 생각했겠지만, 모든 광경이 비, 흙, 피시 소스 냄새와 겹치는 탓에 세련과는 거리가 멀다고 느껴진다. 눈꺼풀과 발이 모두 땅으로 꺼질 듯 무겁다. 우비 아래로 땀이 줄줄 흐른다.

예상은 했지만, 목적지는 번화가 뒷골목의 뒷골목, 구석의 구석. 엘리베이터 없는 3층짜리 오피스 빌딩 꼭대기. 벨도 눌러 보고 문도 두드려 보지만 응답이 없다. 편 여사한테 전화해야 할까 고민될 무렵, 문 옆에 붙어 있는 작은 포스트잇에 눈길이 간다. 라면 찌꺼기 같은 태국 문자 밑에 전화번호가 하나 적혀 있기 때문이다.

[차나팁 코퍼레이션입니다. 무엇을 도와드릴까요?]

전화기 저편에서는 억양이 강하고 발음 안 되는 알파벳도 있지만 알아들을 만한 영어가 나온다. 허스키한 목소리. 몸집이 큰 사람일 것 같다.

"사와디카. 서울에서 왔습니다. 미세스 편 아시죠? 돈은 준비되었을까요?"

불안할 만큼 긴 공백 후에 그가 말한다.

[미세스 편? 누구 말씀이시죠?]

잠시 뇌에 정지가 온다. 상대방은 정말 편 여사가 누구인지 모르는 기색. 그제야 그녀가 가르쳐 준 암호가 생각난다. 이번에는 내가 떠듬떠듬 태국말을 한다.

"쁘라뚜 행 크왐랍 뻐인 두아이 후어짜이(ประตูแห่งความลับเปิดด้วยหัวใจ. 비밀의 문은 마음으로 열린다.)."

변하는 상대방의 눈빛이 보이는 것 같다. 그는 주소 하나를 알려 준 뒤 전화를 끊는다.

클롱떠이(Khlong Toei)로 가는 그랩(GRAB) 택시 안이 시원하다.

땀에 젖어 탔는데 에어컨 바람에 금방 추워진다. 뭔가 코를 찌르는 향. 멘소래담? 기사가 태국식 영어로 뭔가 말한다. 정확히 전달되지는 않지만 '유 크레이지(You Crazy?)'까지 나오는 걸 보면 정말 입력한 목적지로 가겠냐는 뜻이다. 덧붙여 태국어로 뭔가 말한다. 못 알아듣지만, 그의 태도와 몸짓을 보면 내용은 충분히 이해가 간다. 위험해요. 가면 안 돼요. 잠시 잦아들었던 빗줄기가 다시 굵어진다.

쇼핑센터, 호텔, 레스토랑들로 가득하던 창밖 풍경이 갑자기 곧 쓰러질 듯한 판잣집들의 행렬로 바뀐다. 차가 한 시장 입구 앞에 멈춘다. 의식주 중 음식만 있는 시장. 벗었던 우비를 다시 입는다. 슬레이트 지붕과 파라솔이 촘촘해서 좀처럼 비 맞을 일은 없지만.

드디어 피시 소스의 냄새가 사라지지만 그 자리를 다른 어떤 것이 채운다. 눈앞 좌판에는 해체되어 부위별로 펼쳐져 있는 돼지와 산 채로 껍데기가 벗겨지고 있는 개구리, 누운 채 뛰고 있는 물고기들. 그 뒤로는 앉아 있거나 호객하거나 나름의 행위에 열중하고 있는 사람들. 웃통 벗은 남자들은 어깨와 팔과 가슴에 빼곡하게 문신을 새겼다. 좀 무섭기도 한데 눈이 마주치면 해맑은 웃음이 돌아온다. 사와디카.

좀 전 전화에서 약속한 대로 시장 끝 한 가게 앞에 선다. 빗소리와 냄새와 더위 때문에 어지럽다. 잠을 못 잔 지 24시간이 지났다. 양쪽에 빼곡하게 판잣집들이 들어선 좁은 길 세 개가 눈에 들어온다. 슬레이트 쪼

가리나 합성수지로 된 포장재 등으로 조악하게 얽힌 지붕들이 하늘을 가리고 있다. 군데군데 가려지지 않은 부분에서는 모여 있던 빗물이 수 돗물처럼 콸콸 흘러내린다.

"헬로, 유 동만(Hello, you Dong-mann?)?"

살짝 내려다보니 검은 피부에 핑크색으로 염색한 머리, 10대의 앳된 청년이 서 있다. 사와디카. 시장 안에 넘치던 미소가 그의 얼굴엔 흔적도 없다. 그는 따라오라고 몸짓한다. 눈앞 세 개의 길 중 가운데 철로가 있는 길. 하노이에서 비슷하게 생긴 곳을 봤던 기억이 난다. 훨씬 더 크고 재미있는 곳이었지만.

때로는 레일 위로, 때로는 그 사이로 슬리퍼 바람의 청년은 잘도 걷는다. 난 헉헉대며 쓰러질 듯 간신히 쫓아간다. 가끔 보이는 사람들의 모습 - 아이에게 젖 먹이는 엄마, 숨바꼭질하는 소년들, 담배 피우는 노인, 출전을 위해 투계를 돌보는 중년 남자.

청년이 멈춰 선다. 판잣집 중 하나의 문을 열어 주고 어딘가로 사라진다. 겉보기와는 달리 내부는 견고한 콘크리트 구조물에 꽤 안락하게 꾸며져 있다. 목제 책상, 허먼밀러 스타일 의자, 다섯 명이 앉을 수 있는 가죽 소파와 마호가니 테이블, 무엇보다 한기가 느껴질 정도로 세게 돌아가는 에어컨.

편 여사의 거래처, 환치기 파트너 차나팁 사라차트. 좀 전에 전화 목소리로 상상했던 남자보다 몸무게는 20kg 덜 나가고, 키는 20cm 작다. 성긴 머리에 콧수염. 크림색 여름 슈트에 초콜릿 색 셔츠. 둥그런 얼굴에 미소가 만면하다. 입술 옆 작은 흉터 때문인지 사업가처럼 보이지는 않는다. 우비도 벗지 않은 채 나는 그가 권한 소파에 엉덩이 끝만 걸치고 앉는다.

"동만?"

난 말없이 고개를 끄덕인다. 그는 손을 내밀고 나는 좀 어리둥절해하다가 벨트 색을 열고 여권을 꺼내 건넨다.

"여기 클롱떠이에 와 본 적이 있습니까?"

그는 여권 속 사진과 내 얼굴을 번갈아 보며 묻는다. '노우'라는 입 모양과 함께 고개를 젓는다.

"예전에는 옆 항구에서 일하는 노동자들이 주로 살았었는데 이젠 방콕에 돈 벌러 세계 각지에서 들어온 사람들이 모여 있습니다. 미얀마, 캄보디아, 필리핀, 아프가니스탄까지. 그나마 여길 밀어 버리고 고급 상업 지구로 바꾸는 계획이 이미 실행 단계라 모두 어디론가 흩어지게 되겠지요."

그는 여권을 돌려준다.

이곳에 별로 오래 머물고 싶지 않아 바로 본론을 꺼낸다.

"돈은 준비되었나요?"

통화할 때 그랬듯이 그는 돈이라는 말에 표정을 바꾸고 입을 다문다.

편 여사가 자세히 이야기해 준 적은 없다. 하지만 거금을 외국에서 현금으로 받기 위해 일종의 불법 행위가 동원되어야 한다는 것쯤은 상식이었다. 아마도 그녀가 자신의 '무역 거래처'인 차나팁으로부터 수입한 물건에 대해 구매 대금을 '넉넉히' 보내고 그 일부인 50만 불이 내게 주어지는 것 같았다. 5초 정도가 흘렀을까? 내 표정이 굳어지는 걸 보고 있다가 그는 자리에서 일어난다. 자신의 책상 뒤에서부터 검은색 비닐봉지를 가지고 와 테이블 위에 올려놓고 다시 내 앞에 앉으며 말한다.

"이 돈으로 대체 뭘 하려는 겁니까?"

"사정이 있어요. 도와주셔서 감사합니다만, 너무나 개인적인 일이라."

차나팁은 찬찬히 내 얼굴을 살핀다. 그러다가 스스로 고개를 끄덕한다. 방콕의 슬럼에서 평생을 보내며 말 못 할 사연들을 얼마나 많이 접했을까. 어쩌면 이 돈이 한 푼도 내 수중에 남아 있지 않을 미래를 이미 보고 있을 수도 있다.

"정말 혼자 이걸 가지고 치앙마이까지 갈 셈입니까?"

그렇다고 말하며 검은 봉지 안을 봐도 될지 고갯짓으로 허락을 구한다. 그는 고개를 끄덕인다. 백 달러 지폐 5백 장이 래핑(wrapping)된 열 개의 뭉치로 나누어져 있다.

"저도 좀 무서운데 달리 방법이 없는 것 같네요."

배낭을 열고 천천히 하나씩 돈뭉치를 옮기기 시작한다.

"그거 가지고 이 클롱떠이조차 벗어나지 못할 겁니다. 오면서 어떤 동네인지 보셨잖아요. 혹시 여행에 도움을 줄 사람은 있습니까?"

손을 멈추고 그의 얼굴을 본다. 고개를 젓자 그의 미간에 세로 주름이 잡힌다. 오늘 처음 보는 나를 걱정하는 건가?

"미세스 편이 신신당부하더군요. 당신이 목적지에 무사히 도착하도록 도와주라고."

"어떻게든 저 혼자 가려 합니다. 신경 써 주셔서 감사합니다."

차나텁은 고개를 숙이고 조용히 한숨을 쉬더니 일어난다. 조금 전까지 본인이 앉아 있던 자리로 가 그 뒤 창문을 연다. 세찬 빗소리가 들린다. 이젠 바람 소리도 심상치 않다. 어느새 잊고 있었던 냄새들이 비강을 채운다. 그는 담배를 한 대 피워 문다.

"동만, 이렇게 합시다. 내가 당신을 도와줄 만한 사람을 하나 알아요. 믿을 만한 사람이에요."

"저, 말씀은 감사하지만……."

"미국 사람이에요. 그 아버지가 먼저 베트남전 종전 후에 눌러앉았어요. 둘이 같이 여행사를 했는데 돌아가신 다음에 사업을 물려받았죠. 여기 오기 전 미국에서는 군 생활을 했다고 들었어요. 동남아시아 안 다녀본 곳이 없고 태국어, 미얀마어를 합니다. 특히 이 나라는 웬만한 태국 사람보다 훨씬 빠삭하게 알고 주요 방언까지 할 줄 압니다.”

“그래도…….”

“사람은 제가 보증할게요. 그리고 비용은 다녀오실 때 후불로 주시면 됩니다.”

보증한다고? 차나팁을 다시 볼 일이나 있을까? 태국 사람도 아닌데 북부 지방까지 1,000km도 넘는 거리를 안내할 수 있다고? 내가 어떻게 거절할지 고민하는 사이 이미 그는 어딘가로 전화를 걸고 있다.

핑크 머리는 처음 만났던 자리까지만 나를 되돌려 놓는다. 시장의 끝 지점에서 또 혼자 누군가를 기다린다. 백 달러 지폐 5천 장. 생각보다 묵직하다. 아닌 게 아니라 혼자서 이 거액을 며칠 동안 몸에 지니고 또 지킬 일이 걱정되긴 한다. 뒤돌아보고 배낭이 그 자리에 있는지 확인하다가 차라리 앞으로 맬까, 잠시 고민한다.

“니하오?”

다시 고개를 앞으로 돌렸을 때 어디선가 나타난 사내가 말을 건다. 좀 전에 투계를 돌보던 남자. 앞자락을 풀어 헤친 민소매 셔츠와 반바지, 샌들. 밝은색인데 더럽다. 웃는 표정이지만 어깨와 팔의 문신 때문에 그리 환영하는 느낌은 아니다. “니하오 아니에요. 나 한국 사람이에요.”라고 영어로 말하자 태국어라 대꾸한다. 표정으로 봐서는 뭔가 좋은 이야기인 것 같은데 왠지 긴 대화를 나누고 싶지는 않다. 이빨 사이 시꺼먼 니코틴 찌꺼기도 안 보고 싶고.

차나팁이 소개한 안내인은 대체 언제 오는 거지? 내가 초조하게 두리번거리니까 투계남도 고개를 돌려 내 시선이 닿은 곳들을 한번 훑고 한 발 더 가까이 다가선다. 입은 웃고 있지만 눈은 나를 뚫어져라 쳐다보고 있다.

난 한 발 물러선다. 한 발 더 다가온다. 한 발 더 물러선다. 당황해서 뒤를 돌아보니 투계남보다 좀 어리지만 덩치 큰 사내가 서 있다. 근육질. 혼혈인 듯 서구적인 외모에 긴 아디다스 운동복 차림이다. 어울리지 않게 무거워 보이는 짙은 갈색 가죽 운동화를 신었다. 웃음기 없는 얼굴. 소리를 질러야 할까? 어느새 머릿속과 겨드랑이는 식은땀으로 축축하다.

그때 옆에서 누군가 태국어로 말을 건다. 덩치가 목소리가 들려온 쪽으로 성큼 다가선다. 그에 가려 목소리의 주인공이 보이지 않는다. 생명줄 잡듯 배낭끈을 감아쥔 내 손마디가 창백하다. 투계남 쪽을 보니 어느새 오른손에 형체를 알 수 없는 날붙이가 번뜩인다. 그도 나처럼 목소리의 주인공을 볼 수 없는지 옆으로 한발 이동한다.

다시 들리는 저음. 이야기의 내용 때문일까 아니면 목소리 주인공을 눈으로 확인한 결과일까, 투계남의 안색이 바뀐다. 덩치가 목소리 쪽으로 한 발 더 다가서자 투계남이 그의 팔을 잡는다. 덩치가 돌아보자 투계남은 보일 듯 말 듯 천천히 고개를 저으며 뭔가 속삭인다. 덩치도 눈빛이 달라지고, 두 사람은 슬슬 뒷걸음질 치다가 빠른 걸음으로 시장 안으로 들어가 버린다.

"동.만?"

태국어로 이야기하던 바리톤. 나는 긴장이 풀리지 않은 채 어눌하게 반문한다.

"켄(Ken)?"

나와 키 30, 몸무게도 그만큼 차이 나 보이는 거구의 백인. 검은 샌들, 짙은 베이지색 반바지에 반소매. 금빛의 작은 코끼리 펜던트. 케니보다 짙은 색의 더티 블론드 머리와 수염에 덮인 얼굴이지만 파란색 눈이 친절해 보인다. 차나팁이 묘사했던 그대로다. '약간 검은 털에 약간 날씬한 인디아나 산타클로스'. 근데 뭐지? 이 낯익음은. 지인이나 영화배우와 비슷한 것도 아닌 것 같은데…… 실제 그를 어디선가 본 느낌이다.

"괜찮습니까?"

"조…… 좀 놀랐을 뿐이에요. 고맙습니다."

"특별히 해코지하거나 하려던 건 아닐 겁니다. 있잖아요, 그냥 동네 양아치들. 당신이 차나팁의 손님이라는 걸 몰랐던 것 같아요. 그 친구, 이 동네 꽉 잡고 있거든요."

감사의 표시로 고개를 가볍게 숙인 후, 그가 이끄는 대로 움직이기 시작한다. 걷는 뒷모습이 전설의 설인 예티(Yeti)처럼 어정쩡하다. 그는 간혹 길 양옆으로 눈이 마주치는 사람들과 인사를 나눈다. 클롱떠이와 여기 사람들을 많이 아는 듯하다. 약간 불안하긴 하지만 별다른 수가 없다고 생각한다. 펌 여사를 믿어야지. 좀 전에 핑크 머리와 걸었던 것 같은 좁은 길이 끝나자 하늘을 가려 주는 것이 없다.

켄은 가끔 뒤를 보고 내가 따라오나 확인한다. 걷는 속도는 줄이지 않는다. 자기 몸이 젖는 것도 개의치 않는 듯하다. 커다란 고가도로 밑 길로 들어서자 더 이상 비를 맞을 필요는 없는데 사람이 없어 분위기가 흉흉하다. 아까부터 참았던 '어디로'를 물으려 하는데 그가 걸음을 멈춘다. 앞에 오래된 픽업트럭 하나가 보인다. 한때는 밝은 빨간색이었던 듯. 지금은 녹과 때로 덮여 있다. 버려진 차이리라 생각하는 순간 켄이 운전석 문을 연다. 요란하게 삐걱거리는 소리를 낼 것 같은데 의외로 조용히 열린다. 천천히 차 상태를 훑어보며 조수석에 오르는데, 내 마음을 읽은 듯 그가 말한다.

"토요타 하이럭스 85년식입니다. 굴러가는 건 문제 없어요."

외관이 오래되고 때투성이인 데 반해 차 안은 깔끔하다. 에어컨을 켜자 그랩 택시에서 나던 냄새가 난다. 난 배낭을 끌어안고 켄은 차를 출발시킨다. 예약한 호텔까지 채 20분이 걸리지 않는 거리지만 길의 풍경은 지옥에서 천당으로 바뀐다. 조금 전까지 있었던 빈민가가 환상인지, 지금 진입하고 있는 화려한 빌딩 숲이 허상인지 알 수 없다. 케니와 그를 되찾으려는 내 여행은 실재하는 걸까?

"내일 오전 7시에 여기로 다시 올게요."

잠이 들었었나? 켄의 목소리에 화들짝 놀라서 깨어나며 배낭을 확인한다. 우스꽝스러웠을 텐데 그는 못 본 것 같다. 땡큐. 체크인하고 방으로 올라간다.

'시티뷰'지만 가격에 비해 깨끗한 방. 남편은 깔끔한 사람이었다. 침대 시트에 얼룩은 없는지, 화장실 타일 줄눈까지 깨끗이 청소되었는지 살폈고, 급기야 손 닿는 모든 곳을 한국에서 가져온 항균 티슈로 닦고 나서야 짐을 풀었다.

나는 쉬고 싶었지만, 남편은 기어이 야시장 투어를 강행했다. "피곤하면 방에서 쉬던가……." 입으로는 말하면서도 어느새 기계적으로 자신이 세워 놓은 디테일한 계획의 궤도 위를 돌고 있었다. 대놓고 강압한다든가 하는 일은 없었지만, 계획에 따르지 못할 때는 묘한 소외감을 느끼게 했다. 도태되었다는 생각마저 들게 했다.

쩟 페어(Jodd Fair)는 관광객들만 가득한 곳이었다. 해는 없지만 습식 사우나 같은 더위. 묘한 냄새들. 이국적인 먹거리에 시장 특유의 활기가 좋긴 했는데 특별히 사고 싶은 것도 먹고 싶은 것도 없는 상태에서 끌려다니는 건 사실 고역이었다. 남편은 유명 유튜버가 하는 걸 봤다며 두리안에, 통째로 삼키는 생꼴뚜기에, 벌레 강정까지 사 와서 먹으며 계속 시장을 돌았다. 두리안 정도까지는 억지로 동참하다가 나중엔 동영상을 찍어 준다는 핑계로 먹지 않았다.

아이가 있었다면 좋은 아빠였을 사람. 자신의 계획에 의하면 그 무렵 초등학생 아이 하나 이상은 데리고 다녀야 했는데. 태국 전통 복장을 하고 사원을 돌며 사진을 찍고, 수상 시장에서 배를 타고 국수나 과일을 먹고, 태국의 실크 산업을 부흥시켰다는 미국인을 기리는 박물관에도 갔다. 부부끼리 방콕에 와서 해야 할 일을 AI에게 물어봤다면 하라고 했을 모든 일들을 했다. 하지만 그 모든 일정을 소화하느라 제대로 된 대화 한번 나눌 수 없었다. 어쩌면 나도 그도 필연적으로 나눠야 했을 이야기를 피하고 싶었던 것 같다. 사실 대화가 끊긴 지는 이미 몇 년이 지나 있었고, P시로 간다는 내 결심도 그 상황과 무관하지는 않았기에.

다음 날 6시 30분에 내려와 체크아웃하고 보니 벌써 켄의 트럭이 와 있다. 비는 지치지도 않고 내린다.

"돈므앙(Don Meang) 공항의 국내 항공편부터 버스까지 모든 대중 교통 수단이 멈췄어요. 고속 도로도 상태가 좋지 않습니다."

트럭에 타자마자 켄이 말한다. 전날 그가 교통편을 마련해 주겠다고는 했지만, 혹시 몰라 알아봤기에 나도 이미 알고 있는 바이다. 그는 비행기 편 운항이 재개되는 대로, 아니 도로라도 복구되면 출발하자고 한다. 안 된다. 케니가 날 기다린다. 오늘 포함해서 이틀 남았다. 켄에게 꼭 가야 하는데 방법이 없겠냐고, 사례는 후하게 하겠다고 매달린다.

"동만, 여긴 한국이 아니에요. 위험합니다. 목숨을 걸고라도 꼭 지금 떠나야 하는 이유가 뭡니까?"

"시간이 급해요. 구해야 할 사람이 있거든요. 부탁이에요."

이미 큰 그의 눈이 둥그레진다. 잠시 적절한 질문에 대해 고민하는 듯하더니 그 사람이 누구냐, 가족이냐 묻는다. 차나팁이 아무 이야기도 안 해 줬을까? 하기야 그도, 펌 여사도 자세한 사정은 모르니까.

"아들이 치앙마이에서 한 달 살기 중이었어요. 근데 며칠 전 정글 트레킹을 갔다가 미얀마 쪽에서 내려온 반군 게릴라들에게 인질로 잡히게 되었고요. 이틀 내에 지정된 좌표를 찾아가서 몸값을 치르고 데려와야 해요."라고 거짓말한다. 켄은 'Guerilla', 'Hostage'라는 말을 들으며 내가 그 뜻을 정확히 알고 있기는 한지 의심하는 것 같다. 그가 묻는다.

"대사관과 경찰에는 알렸습니까? 이렇게 직접 해결할 수 있는 일은 아닐 텐데요."

"생각은 해 봤죠. 하지만 그들에게 뭔가 해 주기를 바라며 기다릴 시간이 없어요. 반군들이 돈을 요구하며 아들을 죽이겠다고 준 시한이 오늘을 포함해서 이틀인걸요."

"그러면 저게?"

켄이 배낭을 가리키며 묻는다. 난 말없이 그걸 세게 끌어안는다. 다시 그가 말한다.

"지금 이 날씨에 잘못하면 반군들을 만나기도 전에 목숨이 위험해질 수 있습니다. 우리까지 인질로 잡힐 수도 있고요."

난 말없이 낡은 트럭의 내부를 둘러본다. '맞는 말이긴 해요'라는 뜻으로.

조니한테 받아 놓은 좌표를 보여 준다. 켄은 구글맵에 입력한 뒤 폰을 거치대에 고정한다. 경로를 설정하자 방콕에서 태국의 북쪽 끝까지 똑바로 가는 파란 선이 나온다. 그는 믿을 수 없다는 듯 입술을 비쭉 내밀고 한참 폰 화면 위에 그어진 선을 쳐다본다.

"켄, 제발 부탁이에요. 당신이 도와주지 않는다면 난 걸어서라도 갈 거예요."

깊은 한숨을 쉬고 나서 그가 기어를 넣는다.

맑은 날이라면 쉬는 시간 포함해서 12시간 전후 거리. 이 비를 뚫고는 얼마나 걸릴지 알 수 없다. 설명해 주는 켄의 목소리가 무겁기 짝이 없다.

"방콕(Bangkok) - 아유타야(Ayutthaya) - 핏사눌룩(Phitsanulok) - 람빵(Lampang) - 치앙라이(Chiang Rai) - 매싸이(Mae Sai) - 미얀마 국경의 목표 지점까지 1000km 가깝습니다. 북진할수록 비 피해가 심해진다니 끝까지 갈 수 있을지 장담은 못 합니다."

왕복 4차선. 우리나라처럼 시계를 가로막는 큰 산은 없다. 전신주와 전선들, 알록달록한 배경에 라면 부스러기 같은 글자들로 쓰여 있는 광고판들, 주택인지 상가인지 알 수 없는 3층 내외의 작은 건물들. 모두 물로 번질번질하게 코팅되어 있다. 앞 유리를 때리는 빗줄기의 기세는 좀처럼 약해질 기미가 없다. 그렇지 않아도 차도의 경계가 명확히 보이지 않는데 조금이라도 저지대에 있는 구간에서는 그나마 그 경계도 없어져 버린다. 평균 시속이 좀처럼 70km 위로 올라오지 못한다.

케니는 지금 무얼 하고 있을까? 공연히 악당들에게 괴롭힘을 당하고 있지는 않을까? 굶고 있는 건 아닐까? 이 더위에 상처를 입은 채 극도로 비위생적인 환경에 노출되어 있는 건 아닐까? 태국 북부를 뒤덮고 있는 비에 홍수나 산사태의 위험에 직면해 있는 건……?

"Hungry?"

두 시간 넘게 입을 다물고 있던 켄의 첫 마디. 내 배에서 나는 소리가 답을 대신한다. 그가 콘솔박스를 열자 검은 비닐봉지가 보이고 맛있는 냄새가 난다. 그의 얼굴을 쳐다보며 '먹어도 좋다'는 신호를 기다리다가 고개가 까딱하는 걸 보자마자 동시에 봉지 안으로 손을 넣는다. '무뼹 (돼지고기 꼬치)' 하나를 바로 입에 넣는다. 웃음이 절로 나는 맛. 눈을 감는다. 다시 눈을 뜨자 그가 곁눈으로 나를 보고 있다. 조금 부끄럽다. 얼른 새 꼬치 하나를 들어 권하지만, 그는 부드럽게 고개를 저으며 담배 하나를 입에 문다.

P시를 떠난 지 48시간. 생각해 보니 사실상 첫 끼를 먹고 있다. 다른 상황이었다면 단골 타이 레스토랑에서 즐겨 먹던 메뉴들의 원조를 찾아 하나씩 다 먹어 보고 있을 텐데. 하지만 지금 이 순간 고기가 식도에 고 소한 기름을 코팅하며 내려가는 감각은 어떤 산해진미에서도 느껴 본 적 없었다. 케니는 뭐라도 먹고 있는 걸까?

출발 후 세 시간. 겨우 아유타야를 지난다. 도로 주변의 풍경이 달라 진다. 레인 트리일까? 아니면 유칼립투스일까? 야자수는 물론, 키가 그 리 크지 않고 잎이 넓은 나무들이 도로 양옆에 빼곡하게 서 있다. 더 이 상 반대 차선에서 오는 차들이 보이지 않는다. 드디어 빗줄기가 좀 약해 진다.

"졸리지 않아요? 운전 교대해 줄까요?"

켄은 고개를 젓는다. 그에게 제안한 것이 무색하게 졸음이 온다. 무 거운 눈꺼풀 때문인지 고개가 숙여진다.

차에서 혼자 내린다. 안고 있던 배낭을 등에 멘다. 길옆은 정글. 어느새 오른손에 들린 마체테(Machete) 칼로 시야를 방해하는 풀을 베어 가며 전진한다. 어디로 가야 할지 알고 있다. 조니의 좌표. 케니가 있는 곳으로. 한참을 가다 보니 나무들 사이의 간격이 넓어지다가 작은 공터 하나가 나온다. 그 한가운데로 스팟 조명처럼 햇빛이 들어온다. 그곳에 눈을 가리고 등 뒤로 손이 묶인 케니가 무릎을 꿇고 앉아 있다.

난 칼을 던져 버리고 그에게로 달려간다. 하지만 갑자기 케니의 주위에서 거칠어 보이는 사내 대여섯 명이 나타난다. 그중 한 명은 내 앞을 막아선다. 험상궂은 얼굴과 어울리지 않게 보라색 하와이안 셔츠에 밀리터리 반바지 차림. 눈짓으로 배낭을 가리킨다. 나도 지지 않고 눈짓으로 케니를 가리킨다.

보라돌이는 씩 웃더니 케니를 둘러싸고 있는 다른 사내들에게 고갯짓한다. 그중 두 명이 한쪽씩 겨드랑이에 팔을 넣고 케니를 끌고 온다. 점점 가까워지는 그의 모습을 보며 난 미소 짓는다. 켄처럼 덥수룩한 수염이 자라고 많이 여위었지만 틀림없는 케니다. 사내들은 그를 일으켜 내 쪽으로 밀고, 난 중심을 잃고 쓰러지려는 케니를 부축한다. 뭔가 이상하다고 느낀 그가 입을 연다.

"누구세요? 조니?"

"케니, 나예요, 매니."

“오, 하느님! 와 줬구려, 이 위험한 곳에……. 설마 나 때문에?”

“긴 얘기는 나중에 하기로 하고 얼른 여길 빠져나가요, 우리.”

사내들이 내 배낭을 벗긴다. 그 안이 돈으로 가득 차 있음을 확인하고 보라돌이에게 고개를 끄덕여 보인다. 그동안 나는 케니의 결박을 풀어 준다. 그가 스스로 눈가리개를 벗으려 하지만 나는 그의 손을 붙잡는다. 어리둥절해하는 그에게 내가 귓속말을 한다.

“나를 보기 전에 말해 줄 게 있어요.”

우리는 서서히 뒷걸음치기 시작한다. 한 걸음, 두 걸음……. 사내들은 움직이지 않는다. 다만, 보라돌이가 또 그 특유의 기분 나쁜 미소를 짓는다. 세 걸음, 네 걸음. 뒤로 돌아서 마체테 칼로 만들어 둔 길을 찾아 걷는다. 그러다가 뛰기 시작한다. 고맙게도 케니는 눈가리개를 풀려 하지 않고 묵묵히 내 손을 따라온다. 이제 곧 이야기해 줘야 한다. 화를 낼까? 실망할까? 나이, 외모를 속여 온 걸 목숨을 구해 준 거랑 눙칠 수 있을까?

그때 갑자기 뒤에서 천둥 치는 소리가 들린다. 돌아본다. 왜 위로부터가 아니지 생각하는 순간 머리 위에서 뜨끈하고 끈적한 점액질이 쏟아져 내린다. 비릿한 쇳내도 나는 듯하다. 맙소사! 얼굴, 케니의 얼굴이 없어졌다. 힘없이 쓰러지는 그의 몸. 눈 주위의 점액질만 대충 손으로 털어내니 멀리서 보라돌이가 뭔가 손에 들고 내 쪽을 겨누고 있다. 그의 손끝에서 반짝. 이번엔 앞에서 천둥소리가 들린다.

귀 바로 옆에서 샷건이 발사되는 듯한 소리에 눈을 뜬다. 천둥소리. 얼마나 졸았을까? 얼굴은 땀과 눈물범벅. 사방이 칠흑같이 어둡다. 트럭을 부숴 버릴 듯 굵은 비가 내리고 있다. 켄은 속도를 낮추기 시작하더니 결국 갓길에 차를 댄다. 시계를 보니 출발한 지 다섯 시간이 지났다. 내가 악몽 꾸는 걸 눈치 못 챘나?

그는 좌석 등받이를 낮추고 몸을 눕힌 뒤 팔짱을 낀다. 그리고 눈을 감는다. 막 잠에서 깬 난 어찌할 바를 몰라 폰을 들여다보지만, 당연히도 인터넷은 먹통이다. 영원히 걷히지 않을 듯한 어둠을 노려보다 눈길을 돌린다. 빗소리를 뚫고 켄의 코 고는 소리가 들렸기 때문이다. 더티 블론드의 머리, 눈썹, 수염. 털북숭이 양팔과 그 위의 문신. 잠깐, 저건? 눈에 띄는 상징이 하나 있다. 삼지창. 어디서 봤더라? 혹시 그 사진? 처음 봤던 케니의 험비 사진을 찾아보려고 휴대폰에서 사진 앱을 찾기 시작한다.

그때 그가 눈을 뜨고, 난 얼른 폰을 집어넣고 눈을 돌린다. 그는 라디오를 켜고 어딘가에 주파수를 맞춘다. 태국어라 무슨 소리인지 짐작도 가지 않지만, 관악기의 힘찬 주제가가 나오는 걸로 보아 뉴스 프로그램인 듯하다. 그렇게 또 몇 분이 지나고 켄이 눈은 정면에 고정한 채로 입을 연다.

"고속 도로가 침수되었다고 합니다. 핏사눌룩으로는 못 가요."

그렇지 않아도 눈앞에서 길이 없어지는 것이 보인다. 하지만 그래서?

"아무래도 나콘사완(Nakhon Sawan) 쪽으로 가야 할 것 같아요. 지금 이 날씨에 한 시간은 더 걸릴 것 같은데……. 거기도 침수되었을 수 있고. 그래도 가길 바랍니까?"

나도 시선을 정면에 두지만 입은 다문다. 5초 정도 침묵이 흐른 뒤 그는 고개를 절레절레 흔들며 다시 기어를 넣는다. 때마침 빠르게 걷히는 비구름. 잦아들기 시작한 비. 트럭은 강으로 변한 고속 도로를 빠져나온다.

지방 도로에 접어들자 상황은 더 안 좋다. 차 바닥에 물이 닿는 게 느껴진다. 기도하는 마음으로 지난다. 빠지지 않게 해 주소서. 길옆 풍경이 눈에 들어오기 시작한 것은 물 닿는 소리가 더 이상 들리지 않았을 때부터이다. 상대적으로 덜 침수된 길로 들어섰거나 아니면 내 귀가 물소리에 익숙해져 버렸거나.

양옆으로 전신주가 늘어서 있고 그 뒤로는 벌판이다. 반 이상 물에 잠겨서 정체를 알 수는 없지만 아마도 논이었을 것 같다. 야자나무도 보이고 망고나무도 보인다. 창문을 열면 과일 향기가 들어올까? 실제 열면 구정물 냄새만 들어오겠지. 가끔 보이는 집들. 적당히 벽돌과 시멘트

와 슬레이트로 이어 놓은 엉성한 구조들. 붕괴되지 않고 버티는 게 신기하다. 부디 무너지지 않기를. 비를 피해 저 안에 숨어 있을 가족들의 인생도.

켄의 폰을 훔쳐본다. 차가 파란 선에서 점점 멀어지다가 이내 선이 차를 따라온다. 나콘사완을 지나 북서로, 치앙마이를 지나면 북동으로 가야 한다.

시장터인 듯 열 개도 넘는 가림막과 물건 판매대가 설치되어 있는 공간을 지난다. 쥐새끼 한 마리 없지만 상인들과 손님들로 붐비는 한때를 상상해 본다. 한쪽에서는 망고, 파파야, 두리안 같은 걸 팔고 다른 한쪽에서는 국수와 고기를 볶는다. 향긋한 과일 향이 나는가 하면 지방 타는 냄새도 난다. 디자인을 불법 복제한 알록달록한 티셔츠와 반바지, 슬리퍼, 샌들이 잔뜩 진열되어 있다. 누군가는 걸쳐 보고 있고, 누군가는 가격을 흥정하고 있다. 언성이 점점 높아지는 걸 보면 합의점을 찾기가 어려운 것 같은데 표정은 밝다.

불현듯 내 쪽 사이드미러로 짙은 회색 SUV의 존재를 느낀다. 낯이 익다. 언제 봤더라? 좀 전 갓길에 서 있을 때 멀찍이 뒤에 서 있던 차량이 하나 있긴 했는데. 같은 차일까? 만약 미행하고 있다면 혹시……? 난 배낭을 끌어안은 손에 더욱 힘을 준다. 켄에게 알려야 할까?

"켄?"

불러 보지만 대답이 없다. 내 목소리가 작았을까? 그보다 도로 상태 때문에 운전에 온 신경이 쏠려 있는 것 같다. 팔뚝에 힘줄 하나가 튀어나올 듯 도드라져 있다. 다시 불러 보지만, 갑작스러운 그의 거친 말에 그 소리가 묻혀 버린다.

"Shit!"

시장터를 막 지났을 무렵 차가 멈춘다. 바퀴 헛도는 소리. 켄을 보고 무슨 일이냐 묻고, 그는 말없이 차 문을 열고 내린다. 철퍼덕하는 소리가 난다. 그는 한발 물러서서 심각한 표정으로 바퀴 쪽으로 몸을 굽힌다. 다시 허리를 폈을 땐 더 난감한 표정. 담배까지 한 대 문다. 나도 내린다. 샌들을 신은 발 사방에서 미지근한 진흙이 느껴진다. 발을 들 힘이 없다면 트럭처럼 진흙탕에 갇힐 판이다. 어정어정 차 앞으로 돌아 켄 옆으로 간다. 네 바퀴 모두 반 이상 진흙에 잠겨 있다.

"어떻게 하죠?"

묻는 나도 질문이 아니고 켄도 답할 필요를 느끼지 않는 것 같다. 반도 안 탄 담배를 히트 스틱에서 빼 진흙에 버리고 그는 차에 탄다. 시동을 걸고 차를 앞뒤로 움직여 본다. 진흙 밑에 있는 땅이 고르지 않다면 바퀴가 좋은 위치에 걸려서 빠져나올 수도 있을 테니까. 사방으로 튀는 흙을 피해 한발 물러선다. 늙은 엔진이 비명을 지르지만, 효과가 없다. 차는 오히려 몇 센티 더 진흙 속으로 파고 들어간 듯하다. 켄이 창문을 내리고 내게 말한다.

"동만, 적재함으로 올라갈 수 있겠어요?"

어리둥절한 표정을 보고 그가 설명한다.

"차 뒤쪽에 하중을 줘서 좀 더 안정감 있게 한 다음, 바퀴에 부목을 대려 해요."

"부목? 부러진 팔다리에 대는 거요?"

내가 알아들은 영어가 맞는지 반문하고, 그는 고개를 끄덕인다.

다시 내린 그는 방금 지나온 시장에서 자신의 어깨너비 정도 되는 길이의 판자를 여러 개 가져온다. 그리고 그걸 뒷바퀴에 묶는다. 나는 적재함으로 올라가 쪼그려 앉는다. 주저앉으면 엉덩이가 젖을 것 같아서. 다시 절박한 엔진의 비명. 그러다가 차가 갑자기 돌진하고 나는 몸의 중심을 잃는다. 몸이 곤두박질치는가 싶더니 진흙탕이 눈앞으로 확 다가온다.

"동만, 괜찮아요? 정신이 좀 들어요?"

눈을 떠 보니 켄의 걱정스러운 표정이 보인다. 누워 있다가 갑자기 욕지기가 나서 일어나 허리를 굽히고 토하기 시작한다. 진흙과 무뻥. 켄이 부드럽게 등을 두드려 준다. 구토를 끝내자 그가 생수를 내민다. 물을 마시고 얼굴을 씻어 내지만 몸 전체가 진흙투성이. 켄은 장터 한구석에 있는 공중화장실을 가리키며 뭔가 내민다. 그의 여벌 옷과 수건. 그는 차로 돌아가고 난 화장실로 가 세면대에서 씻은 다음 환복한다.

속옷까지 야무지게 코팅된 진흙. 켄의 와이프 비터(Wife beater)와 트렁크를 입을 때 살짝 망설인다. 깨끗할까? 더구나 앞이 터진 팬티라니. 티셔츠와 반바지. 전체적으로 크지만 다행히 흘러내리거나 하지는 않는다. 샌들까지 세척하고 밖으로 나가기 전 거울 앞에 선다. 토트넘 홋스퍼 저지를 입은 머저리가 하나 서 있다. 웃음이 터진다. 오랜만에 배가 아플 때까지 깔깔댄다.

조수석에 오른다. 켄은 앞을 보고 있으면서도 살짝 미소 짓고 있다. 묘하게 익숙한 표정. 내 모습을 한번 훑었음이 틀림없다. 그는 내 고맙다는 말에 반응하지 않고 차를 출발시킨다. 내비게이션을 보니 다시 고속 도로에 합류하려면 아직 갈 길이 멀다. 눈을 들어 백미러를 보자 뭔가가 조그맣게 보인다. 다시 내 쪽 사이드미러를 본다. 이런!

"켄, 누군가 우릴 미행하는 것 같아요."

그는 말없이 백미러를 본 다음 자신의 사이드미러를 본다. 미간까지 찡그리며.

"아무것도 안 보이는데요."

"다시 한번 잘 봐요. 아까 우리 갓길에 멈추기 전부터 따라오고 있었던 것 같아요."

"확실합니까? 지금 아들 걱정 때문에 좀 편집증적인 상태 아니에요?"

"글쎄요. 제가 주위 환경과 다른 사람들에 대한 지속적인 불신과 의심을 품고 있는 사람으로 보이나요?"

그가 동의해 주지 않아 삐지거나 한 건 아니지만 부당하게 내 심리 상태를 요약하는 건 받아들이지 않는다. 의외의 반응에 그가 내 얼굴을 힐끗 살피고 말한다.

"오해는 하지 말아요. 비 때문에 시계도 흐리고 해서 당신이 말한 그 차가 안 보였을 뿐이에요. 그런데 당신을 쫓을 만한 자들이 있습니까? 혹시 아들의 인질범들?"

"돈을 짊어지고 내 발로 가고 있는데요? 그 사람들은 아닐 거예요."

"다시 한번 봐요. 나한테는 여전히 안 보여요."

켄의 말대로 난 다시 두 개의 미러를 본다. 차가 사라졌다. 아예 고개를 돌려 뒤돌아보지만, 회색 SUV는 흔적도 없다.

"동만, 아무래도 며칠 사이에 너무 갑자기 환경이 바뀌어서 힘든 것 같아요. 아들 걱정 때문에 스트레스도 많고요. 아까는 졸면서 악몽까지 꾸는 것 같더군요. 쉽지는 않겠지만 좀 릴랙스하려 해 봐요."

역시 알고 있었구나. 조용히 고개를 주억거리며 시트를 약간 뒤로 젖힌다. 헤드레스트에 고개를 기대고 눈을 감아 본다. 그의 말에 일리가 있다. 하지만 분명 난 그 차를 봤다.

빗줄기가 어느 정도 가늘어졌다 싶을 때 치앙마이에 도착한다. 상상 속 내 아들이 아니라 나 자신이 한 달 살기를 해 보고 싶었던 곳. 거리는 물에 잠겨 있다. 대부분의 차는 서 있고 우리처럼 조심스레 다니는 차들은 배처럼 보인다.

"길이 보이나요?"

그는 말없이 손가락으로 거치되어 있는 폰 내비게이션을 가리킨다. 우리는 파란 선 위, 온 트랙(On-track)이다. 갑자기 에어컨이 꺼지고 차 안은 빠르게 더워진다. 켄은 창문을 연다. 그 틈으로 흙, 바람, 나뭇잎, 그리고 상실과 좌절의 냄새가 들어온다. 무표정한 사람들이 살림살이를 머리에 이고 헤엄치듯 움직인다. 어떤 사람들은 가게 안으로 들어온 흙탕물을 퍼낸다. 무너진 집 옆에서 부둥켜안고 우는 가족들도 있다.

고속 도로를 타고 북동쪽을 향한다. 멀리서 산 위에 반짝이는 노란색 형상이 보인다. 다시 보니 먹구름과 대비되어 황금색으로 빛나는 부처님이다. 잠시 눈을 감고 케니의 무사 귀환을 빌어 본다.

"왓프라탓도이사켓(Wat Phra That Doi Saket) 사원의 좌불입니다."

설명해 주는 켄의 목소리. 그때 내 눈에 낯선 풍경이 들어온다.

"켄, 저거 보여요?"

그의 눈동자가 내 손가락 끝이 가리키는 지점에 잠시 머물더니 살짝 흔들린다. 범람한 물줄기 사이에 고립된 코끼리들이 있기 때문이다. 하나는 누워 있고 둘은 서서 도움을 청하듯 안절부절못한다. 근처에 관광 농장이 있나? 누워 있는 녀석은 죽은 건가? 사육사들은 다 어디로 갔을까?

"이미 숲이 머금고 있는 물의 양만 해도 꽤 되는데 큰비가 오는 바람에 한꺼번에 터져 내려온 것 같네요."라고 그가 말한다.

이제 루트는 관광객들의 그것과 완전히 떨어져 길 위엔 우리뿐이다. 앞으로 한 시간이면 밤의 경계를 넘을 것 같다. 켄은 말없이 데크에 카세트를 삽입한다. 저게 소리가 날까? 내 생각이 낸 소리를 듣기라도 한 듯 그가 중얼거린다.

"얼마 전에 카세트 데크를 갈았어요. 베트남까지 가서 구해 온 녀석이죠."

엔진 소음 사이로 들리는 음악 소리. 강한 드럼 비트와 피아노 리프가 반복되는 속에 라틴 선율이 숨어 있다. 미성의 고음 보컬은 하드(Hard)하면서도 섬세하다. Light of the love that I found(사랑의 빛을 찾았다오) 한 옥타브 낮춰 조용히 후렴구를 따라 부르는 켄의 목소리가 듣기 좋다.

문득 자신을 바라보는 내 시선을 느꼈는지 그는 겸연쩍은 표정으로 새 담배를 꺼내 문다. 히트 스틱의 LED에 창백한 불이 들어온다. 불혹을 넘긴 차 안에서 반도체 칩이 들어 있는 담배라니. 내 사랑의 빛은 어디에서 빛나고 있을까? 생각하고 있는데 모처럼 매니의 목소리가 들린다.

《《무슨 생각 해요, 언니?》》

《코끼리. 비가 그치고 물이 빠지면 케니랑 코끼리를 타고 여길 한번 둘러보고 싶어. 다른 관광객들처럼 태국 전통 의상도 입고.》

'사랑의 빛' 이야기는 하지 않는다. 이유는 모르겠다.

《《왓프라탓도이사켓 사원 파고다도 같이 돌아요. 정원에서 코끼리들이 돌아다니는 호텔에서 며칠 묵어도 좋고요.》》

《케니랑 너랑 나랑 셋이 오붓하게. 아니, 둘인가? 근데 케니가 받아줄까? 아무리 간절하게 매달려도 아닌 건 아닐 텐데.》

《《잊은 거예요? 언니가 나예요. 그리고 혹시 알아요, 케니도 자기 사진을 속였을지? 30대 초반 젊은이가 아니라 저 사람처럼 늙수그레하고 배 나온 중년일지.》》

옆에서 정면을 응시하며 코로 달큼한 연기를 뿜고 있는 남자를 힐끗 본다. 케니가 켄 정도 연배에 후덕한 몸집이라면? 뜻 모를 웃음이 나는데 왠지 매니에게 들키기 싫다.

치앙마이를 지나고부터 길 위엔 차가 아예 없다. 난 내 쪽 사이드미러를 다시 살핀다. 회색 SUV는 더 이상 보이지 않는다. 어느 시점부터 켄이 속도를 줄이며 고개를 갸우뚱하더니 차를 세운다. 내가 어리둥절한 얼굴을 하자 그는 폰 화면을 가리킨다. 파란 선이 정글 속으로 들어가 버렸다. 예전엔 도로가 있었는데 지금은 없어진 것 같다.

"우리 목적지까지 차로 갈 방법은 없는 모양입니다. 그나마 도보로 여섯 시간 정도 거리가 남았으니 길이 험해도 한나절이면 목적지에 도착할 수 있을 겁니다."

그는 조수석 쪽 창밖을 가리키고 그 끝에는 온통 녹색뿐이다. 해가 곧 떨어지니 여기서 밤을 보내야 한단다. 열네 시간 동안 거의 쉼 없이 달려왔다. 어쩔 수 없이 동의한다. 어느새 비는 그치고 기온도 떨어져 한기가 느껴질 지경이다. 켄은 차에서 내려 적재함으로 가 뭔가를 내린다. 화로대와 야전 의자 두 개. 장작은 또 언제 준비했대? 나도 따라 내린다.

"무슨 마술 주머니 같아."

무심코 내뱉은 한국어에 그가 미소 짓는다. 알아들은 것 같기도 하다. 좀 근사해 보이는 표정이다.

"아들하고는 가까운가요?"

아, 그렇지. 지금 난 아들을 구하러 가는 길이지.

"아들인걸요. 가깝고 먼 게 문제인가요? 고등학생 때부터 세상으로 나가고 싶어 했어요. 있잖아요, 그맘때 꿈꾸는 'Out there.' 입시가 끝나자마자 열심히 알바하더니 한 달 살기인가 뭔가 한다고……."

세상에 이렇게 아무렇지 않게 거짓말을. 토치로 불을 피우느라 손이 바쁜데도 켄은 열심히 듣고 있다. 파란 눈에 연민의 빛이 어른거리다가 다른 뭔가로 바뀐다.

"나도 딸이 하나 있어요. 엄마랑 미국에서 살고 있죠."

왠지 대꾸를 망설이게 된다. 역시나 이야기는 이제 시작이다.

"애 유치원 다닐 때 이혼했어요. 나 때문이었죠. 군인이었고 외국을 자주 나갔는데 그러느라 가족을 못 챙겼어요. 전처는 곧 재혼했고, 그 무렵 난 아버지 일을 돕는다고 이 먼 나라로 와 버렸어요. 핑계였죠."

"그럼……."

"못 본 지 10년이 넘었어요. 인스타가 있으니 가끔 연락은 합니다만. 올해 대학에 갔어요."

"어머, 축하해요. 아시는지 모르겠지만 한국에선 대학 가는 게 큰일 이거든요."

켄은 주머니에서 사진을 꺼내 내게 건네고, 난 그걸 불빛에 비춰 본다. 더티 블론드 머리에 아빠의 파란 눈, 복숭아 같은 피부를 가진 늘씬 한 처녀. 몸매가 드러나는 흰색 바지에 하늘색 셔츠를 입고 서 있다. 배 경에는 울타리와 그 안에 뛰노는 말들. 케니의 메리제인이 자라면 저렇 게 예쁘게 클 것 같다. 그 생각에 명치 끝이 또 저려 온다. 켄의 시선이 느껴진다. 내 표정의 변화를 알아챘을까? 사진을 돌려주며 말한다.

"예쁜 아이예요. 쫓아다니는 남학생들 많겠는데요. 근데 어디서 찍은 건가요?"

"아이 새 아빠의 농장이요."

집어넣기 전에 다시 한번 사진을 물끄러미 쳐다본다. 그의 얼굴은 웃고 있지만 눈동자는 촉촉해져 있다.

나의 이혼 경험은 털어놓지 않고 그의 이야기만 듣고 있자니 왠지 미안한 마음이 든다. 잠깐 '다녀오겠다'라며 그는 어둠 속으로 사라진다. 생리 현상보다도 털고 와야 할 감정이 있는 모양이다. 그의 볼일이 끝날 때까지 긴 시간이 걸리진 않겠지만 혼자가 되었다는 자각에 갑자기 스틸 씨라도 왕림할 듯 목 뒤쪽이 서늘해진다.

어둠 뒤에서 무언가 나를 지켜보고 있는 건 아닐까? 목덜미를 만지던 손으로 몸을 감싸안는다. 그때 켄이 나타나고 나는 화들짝 놀란다.

"왜 그래요? 무슨 일 있었나요?"

미지의 감시자들에 대해 뭔가 이야기해 볼까, 생각하다 단념한다. 나의 '편집증'을 받아 주기에 그는 너무 피곤할 것이다.

"하나 물어봐도 돼요?"

아직 나에 대해 약간 걱정하는 표정인 그는 빠르게 고개를 끄덕한다.

"그때 클롱떠이 앞에서 말이에요. 그 남자들, 무서워 보였는데……
그냥 좋은 말로 쫓아 버렸잖아요. 정말 내가 차나팁의 손님이라는 설명에 그렇게 순순히 물러났던 건가요?"

켄의 표정이 묘하다. 나에 대해서는 더 이상 우려하지 않는 것 같다. 대신 장난스럽기도 하고 미안해하는 듯하기도 한 표정이 된다. 그런 그를 나는 어리둥절한 얼굴로 마주 본다.

"그게…… 그 덩치는 말하자면 사실 동네 바보이고 당신 앞에 서 있던 그 작은 친구는 '쏨싹(Som Sak)'이라고 투계로 먹고사는 녀석인데 둘 다 별 볼일 없는 놈들이거든요. 돈 배낭을 탐내는 것 같았어요. 그래서 덩치에게는 허튼짓하면 내가 쏨싹이 들고 있는 칼로 네 '신체의 일부'를 잘라서 쏨싹의 닭에게 먹이겠다고 했어요."

"네? 뭘 누구에게요?"

그는 경악하는 내 반응을 무시하고 계속해서 이야기한다.

"그리고 쏨싹에게는 덩치의 '일부'를 먹은 그의 투계를 튀겨서 까이 텃(Gai Tod, 태국식 닭 날개 요리)으로 만들어 먹어 버리겠다고 했죠."

"농담이죠? 지금 나 놀리는 거 아니에요? 혹시 그 사람들이 그 '허튼 짓'을 실제 하려 했다면 대체 어쩌려고 했던 거예요?"

"걔들이요? 어림도 없죠."

켄의 여유만만한 표정에 난 비로소 자고 싶어진다.

그는 트럭 조수석에 자리를 봐 놓았다며 내게 차에서 자라고 하고, 자신은 불 옆에 자리를 잡고 눕는다.

켄이 깨운 건 채 해가 뜨지도 않은 새벽. 다행히 비는 내리지 않고 있지만 물속에 있는 듯 습하다. 해가 중천에 뜨면 끓는 물 속이 될 테니 출발이 빨라야 한다.

눈앞엔 왠지 요 며칠간 두 배는 자랐을 듯한 이름 모를 풀, 나무 그리고 발밑엔 때때로 발목까지 빠지는 진창. 등 뒤의 배낭을 점검한 뒤 마체테를 휘두르며 길을 내는 켄의 뒤를 바짝 따른다. 행군 속도는 걱정될 만큼 느리다. 설마 늦지는 않겠지? 아니, 제시간에 맞춰 가도 어떤 상황이 기다리는지 모른다. 혹시 꿈에서처럼 되는 건 아닐까 생각하다가 세차게 고개를 젓는다. 그 기세에 켄이 뒤돌아볼 정도로.

문득 발밑의 길을 보니 어느새 오르막길이다. 올라가다가 왼쪽으로 휘어 있는 길은 작은 골짜기를 끼고 걷게 되어 있다. 우릴 따라오던 그 회색 SUV는 물러간 게 맞을까? 아니라면 얼마 떨어지지 않은 곳에서 그 차에서 내린 사람들이 우리 뒤를 밟고 있다는 건데……. 뒤를 돌아본다. 배낭을 앞으로 멘다. 영화를 보면 꼭 이런 상황에서 뭔가 일어나던데. 순간 켄의 넓은 등판이 갑자기 시야에서 사라지고 압력솥의 증기 배출 같은 내 비명이 들린다.

"괜찮아요? 이번에는 뒤로 넘어졌군요."

격정스러운 눈으로 묻는 켄. 왠지 입은 웃는 모양이다. 그의 설명을 듣고 정신을 잃기 전 나의 흔적을 확인하고 나니 이해가 된다. 발밑에 감춰진 물길을 못 보고 딴생각하다가 실족한 뒤 거의 30m 정도 골짜기를 따라 미끄러져 내려왔던 것이다. 그제야 진흙투성이가 되었을 등 쪽의 축축함이 느껴진다. 내 등으로 돈 배낭을 플룸라이드 태워 주며 비명을 질렀을 생각을 하니 쓴웃음이 난다.

"그 티셔츠 잠깐 벗어 볼래요?"

속옷뿐인데. 그것도 그의 와이프 비터. 싫다고 할까, 고민하다가 순순히 시키는 대로 한다. 켄이 내 가슴이 너무 처졌다고 생각하는 건 아닐까? 두 팔로 가슴을 감싼다.

내 마음을 아는지 그는 최대한 쓸리고 긁힌 부분만을 집중해서 본다. 꼼꼼히 생수로 씻어 내고 이제는 익숙해진 민트 향 연고를 발라 준다. 쓰라림에 얼굴을 찌푸린다. 그러다가 그와 눈이 마주친다. 서로의 거리가 채 한 뼘도 되지 않기에 그의 숨소리가 들리고 체취도 맡을 수 있다. 아니, 그렇게 되는 상상을 해 본다. 그 때 매니가 일침을 놓는다.

《《이제 몇 시간 후면 케니와 만나요. 정신 바짝 차리라고요.》》

《약속한 장소에 케니가 없으면 어쩌지? 아니면 꿈에서 본 것처럼…….》

《《쓸데없는 생각 말아요. 그 돈 배낭이나 잘 간수하라고요.》》

갑자기 이렇게 매니와 대화를 나누는 게, 지금 이곳에 왔다는 게 비현실적으로 느껴진다. 언젠가 한 스위스 남자가 충동적으로 리스본에 가는 영화를 봤던 생각이 난다. 강물에 뛰어들려는 한 여자의 자살 시도를 막지만, 그녀가 사라져 버린다. 빨간색 코트 한 벌과 책 한 권을 남기고. 그 책에 끼워져 있던 리스본행 야간 열차 티켓. 막연히 그녀를 찾아 유럽의 서쪽 끝까지 간 그는 생각지도 못한 인연과 사연들을 마주하게 된다. 처음부터 어떤 목적과 함께 시작된 여정은 아니었지만 리스본에는 뭔가가 있었다. 지금 나는 뚜렷한 목표를 가지고 움직이고 있긴 하지만 그처럼 의외의 결말을 맞게 되는 건 아닐까?

"이젠 여별 옷이 없어요. 이거라도……."

상처를 갈무리하고 행군을 계속하기 전에 켄이 자신의 상의를 벗어 내민다. 내가 머뭇거리자 기어이 손에 쥐여 준다. 담배 연기, 땀, 멘소래담 – 어쩔 수 없이 후각에 엄습하는 체취에 얼굴이 찌푸려진다. 하지만 얼마 만인가? 왠지 그리운 냄새. 그는 민소매 이너웨어 차림. 우람한 어깨 위로 보이지 않던 문신들이 보인다. 닻, 해마, 뜻 모를 글자들, 그리고 삼지창 위로 그걸 붙들고 있는 독수리. 어느새 마체테가 열어 주는 길을 따라 다시 걷고 있다. 빌어먹을 파란 선을 따라서.

"아까 차 안에서 듣던 노래 말이에요. 어떤 내용이었나요?"

멈칫하는 그의 등이 질문이 접수됨을 보여 준다. 걸음을 멈추지 않고 그가 말한다.

"동만은 어떤 내용이라 생각했나요?"

"글쎄요. 후렴구 정도 겨우 알아들었을 뿐이라. 하지만 멜로디와 리듬이 모두 밝아서 사랑의 설렘을 다룬 곡이라 생각했어요."

마체테를 휘두르는 그의 스윙이 갑자기 커진다. 난 보폭을 줄이며 종종걸음을 걷는다. 한참 동안 그렇게 말없이 걷는다.

"사실 그 반대예요. 한 사람이, 아니 한 남자가 처음엔 떠나간 연인을 원망하다가 사실상 그 이별이 자신 때문임을 깨닫고 인정하는 내용이죠."

"그러면 '사랑의 빛을 발견했다'라는 후렴구는……?"

"그걸 너무 늦게 깨달은 거죠. 사랑의 빛을 발견하게 해 준 여자가 떠나가 버린 후에."

설명하면서 어쩌면 그는 떠나보낸 아내를 생각하고 있는 것 같다. 나는 사랑의 빛이 나를 이 여정으로 인도했다고 믿고 싶다. 케니에게 말했었다. 당신 덕분에 내 안에 있는 사랑을 발견했다고.

어느새 켄은 그 후렴구를 흥얼거리고 있다. 나도 따라 부른다. 사랑의 빛을 노래하며 가다 보니 주변이 점점 밝아지는 느낌이다. 나무의 수는 줄어들고 앞을 막는 풀은 짧아지고. 켄이 더 이상 마체테를 휘두르지 않는다. 그리고 꿈에서 본 그 자리. 숲속 한가운데 공터와 햇빛의 스포트라이트. 케니는 어디에? 약속이나 한 듯 우리는 노래를 멈춘다. 예상

못 한 물건이 있기 때문이다. 앞서 나가려 하자 그는 나를 막고 자신이 먼저 앞으로 나아간다. 무언가 타고 남은 잔해. 바람을 타고 특유의 매캐한 냄새가 코끝을 자극한다.

켄은 손짓으로 나에게 그 자리에 서 있도록 한 뒤 잔해 바로 앞까지 접근한다. 마체테 끝으로 건드리자, 그것은 옆으로 쓰러지는데 뭔가 둥그렇고 새까만 것이 본체와 분리되어 또르르 굴러간다. 순간 그 실체를 깨달은 나는 반사적으로 달려 나간다. 켄이 만류하기 위해 달려올 무렵, 이미 그 원형의 물체 앞에 쪼그려 앉아 무엇인지 확인하고 입을 막는다. 손가락 사이로 비명이 새어 나간다. 가지고 있었는지 여태껏 깨닫지도 못했던 내 목소리.

"누군가 네클레이싱(Necklacing)을 당한 것 같네요. 휘발유에 적신 타이어를 여러 개 씌워 움직이지 못하게 한 뒤 불을 붙이는 살해 방식. 남아공에서……."

켄의 설명이 들리긴 하는데 이해되진 않는다. 머릿속은 오직 하나의 질문. 내 눈앞에 까맣게 탄 머리뼈는 케니의 것일까? 답을 얻기도 전에 주체할 수 없이 몸은 떨리고 눈물부터 난다.

"설마……?"

또다시 내 입에서 낯선 목소리가 나온다.

"Not your son."

켄이 내 어깨를 부드럽게 감싸 잡으며 말한다. 그의 목소리에 묘한 떨림이 있다.

"어떻게 알아요?"

"내가 인류학자는 아니지만 딱 봐도 저건 동양인의 두개골이 아니거든요."

그는 마체테로 얼굴 부분의 여기저기를 가리키며 계속해서 설명한다. 그도 무서운 걸까? 칼끝이 미세하게 떨린다. 옆면이 길고, 눈구멍은 갸름하고, 광대뼈는 거의 없다시피 하다고. 그러니까 서양인이라고? 나는 주저앉아 무릎을 세우고 거기 얼굴을 묻는다. 더 이상 울음을 참으려 하지 않는다. 참을 이유가 없지 않은가. 귀마개 위로 들리듯 켄의 목소리가 흐릿하다.

"아드님이 아니라니까요. 저 콧부리 각도를 봐요. 동만과 같은 인종이 아니에요!"

사실 그래서 우는 건데. 케니일 수도 있다는 두려움에…… . 아직 켄에게는 말할 수도 없다. 한참 울고 나니 진정이 되면서 정신이 좀 든다. 그래, 이 해골만 보고 뭘 알 수 있다는 말인가? 조니일 수도 있다. 그래, 케니는 절대 아닐 거야.

다시 숲을 헤치기 시작하고. 조니가 알려 준 좌표에 닿기 직전, 켄이 말을 건다.

"근데 동만."

고개를 들어 보니 얼마 전부터 나를 지켜보고 있었던 듯한 그. 눈이 마주친다. 편안한 눈빛. 나도 차분해지지만 다음 순간 들리는 그의 말은 의외다.

"아들 구하러 가는 거 아니죠?"

언젠가는 사실을 말해 줄 생각이었지만 막상 입이 안 떨어진다. 묻기 전에 이야기해야 했는데. 저, 그게…….

그때 그가 갑자기 뒤를 돌아본다. 그의 고개가 돌아왔을 때 이유를 물으려 하지만 그는 입술 위에 검지를 올려놓는다. 나는 입을 다물고 고개도 움직이지 않은 채 눈으로만 주변을 둘러본다. 화이트 노이즈처럼 깔려 있던 새소리, 바람 소리, 마체테와 풀이 만나는 소리, 우리의 발소리가 일제히 멈춘 순간 사방에서 풀을 헤치는 소리가 들린다.

켄의 눈이 서서히 커지는 듯하더니 칼을 버리고 두 팔을 높이 든다. 반사적으로 그의 시선을 따라가 보니 총이 먼저 보인다. AK47. 하지만 정글 한가운데서 보는 '빈자의 무기'보다 더 놀라운 것은 곧이어 들려오는 목소리. 언어도 음성도 익숙하므로 더 경악스럽다.

"동만 선생님, 아니 매니라 불러 드릴까? 이 먼 곳까지 잘 오셨어요."

6. 미영

　도시의 느낌은 사라지고 초록의 무(無)가 그 자리를 대신한다. 남자들의 몸 냄새, 담배 냄새와 그걸 지우려는 날카로운 민트 향이 섞인 악취는 도무지 익숙해지지 않는다. 4차선에서 2차선으로, 아스팔트에서 비포장으로. 길은 험해진다. 갑자기 웃음이 난다. 여기까지 온 것은 뚜렷한 목적이 있어서이기도 했지만, 상당히 충동적이기도 했다. 빨강이 이상하다는 듯 나를 곁눈질한다. 그래, 따지고 보면 미친 거지.

　목적지가 모습을 드러낸다. 대답해 주지도 않을 거지만 굳이 물을 필요도 없다. 거대한 성처럼도 리조트처럼도 보이는 수십 채 콘크리트 건물의 단지. 서쪽으로는 끝없는 논이, 동쪽으로는 띄엄띄엄 시가지 같은 게 형성되어 있다. 북쪽으로는 멀리 산이 보인다. 가까워질수록 단지가 높은 벽으로 둘러싸여 있다는 걸 깨닫는다. 3m? 벽과 벽 사이에는 초소들. 각 초소마다 두 명 이상의 보초들. 키가 나만 해 보이는 작은 남자들이지만 총과 문신과 표정 때문에 위협적이다.

　선글라스가 보초 중 하나와 눈인사를 주고받자 차단 바가 올라간다. 차는 단지 내로 진입한다. 눈앞의 풍경은 절망적이다. 옥외 수영장, 테니스 코트, 상가 혹은 커뮤니티 센터, 15층짜리 복도식 주거용 건물들.

모두 짓다 말았다. 외벽도 칠하지 않은 콘크리트 덩어리들. 간혹 복도로 나와 있는 남자들은 담배를 피우기도, 휴대폰을 보기도, 잡담을 나누기도 하는데 하나같이 표정들이 없다. 대체 여기가 어디인가?

차가 멈춘 건 짓다 만 상업용 건물 앞. 계단으로 다섯 개 층을 올라가 복도에 들어선다. 유리창에 빗방울이 부딪치거나 누가 바둑알 여러 개를 손안에 넣고 빠르게 흔드는 듯한 소리가 들린다. 양옆의 방들은 모두 밖에서 잠겨 있다.

감옥? 앞쪽에 문이 열려 있는 유일한 방에 가까워지면서 바둑알 흔드는 소리의 실체를 깨닫는다. 키보드 두드리는 소리. 열려 있는 문틈으로 수십 대의 PC와 그 앞에 속옷 차림으로 앉아 있는 남자들, 구석에 널브러져 있는 매트리스들이 보인다. 새어 나오는 냄새가 형언할 수 없다. 독특하게 나쁜 것인가 아니면 내가 이미 강박적인 상태가 되어 버려 평범한 악취를 참을 수 없이 불길한 것으로 받아들이고 있는 것인가?

복도 끝 방. 파랑이 자물쇠를 풀고 문을 열자 철제 의자 두 개와 책상하나가 보인다. 빨강은 나를 의자에 앉히고 등 뒤로 수갑을 채운다. 연행되어 온 범죄자처럼. 선글라스가 맞은편에 앉는다. 그는 립밤처럼 생긴 작은 플라스틱 용기를 꺼내더니 양쪽 콧구멍에 번갈아 쑤셔 넣는다. 또 박하 냄새. 빨강은 내 뒤에 서 있는 것 같고, 파랑이 보이지 않는다. 뭐 하자는 거지?

선글라스가 흡입하는 것의 이름을 기억하려 애쓸 무렵, 속옷 차림의 마른 남자 하나가 파랑에 떠밀려 들어온다. 그는 억울하다는 듯 파랑을 돌아보지만 항변하지는 못한다. 회색이 된 러닝셔츠, 군데군데 누런 얼룩이 있는 회색 반바지, 때투성이 손과 발. 기름을 짜낼 수도 있을 듯 지저분한 머리. 하지만 흰 피부, 검은 테 안경에 앳되고 예민한 인상이 문약해 보인다. 그가 나와 선글라스를 번갈아 보더니 입을 연다.

"야돔이에요."

"네?"

야동이라고? 난 그의 한국말이 반갑기도 두렵기도 하다.

"저거 립밤이 아니라 야돔이라구요."

아, 그렇구나. 유튜브 같은 데서 본 적이 있었던 거네. 잠깐, 지금 그게 문제인가?

"여긴 어디죠? 매니는 누구예요?"

남자의 표정이 어리둥절하다.

"매니는 당신이잖아요. 우리 화상 채팅도 했었는데……. 케니의 몸값을 치르겠다며 제 발로 온 거 아니에요?"

"케니는 또 누구죠? 당신은 또, 이 사람들은 다 누구예요?"

우리가 서로 질문만 해 대는 걸 보고 있던 선글라스가 야돔을 바지 주머니에 넣고 일어나자 안경이 몸을 움츠린다. 그를 바라보는 안경의 눈에 두려움이 가득하다. 선글라스가 안경에게 어깨동무를 하며 뭔가 묻는다. 중국어인 것 같은데 생전 처음 들어 보는 억양이다. 안경은 잔뜩 긴장한 채 같은 언어로 답한다. 선글라스가 고개를 돌려 뭔가 말하자 이번에는 파랑이 자신의 폰을 안경에게 건넨다. 잠시 후 그가 내게 폰 화면을 보여 주며 묻는다.

"이거 봐요. 당신이 매니라고요."

검은 세단을 타기 전에 봤던 이미지. 화면 속의 세렌디피티 인터페이스는 익숙하지만 'S. D. Mann'이라 되어 있는 프로필 속 내 모습은 낯설기 그지없다.

"뭔가 오해가 있는 모양이네요. 저는 저 앱을 쓴 적이 없어요."

"대한민국 P시에 살고 있지 않나요? S병원에서 정신과 의사로 일하고 있고."

갑자기 머릿속 한구석에 작은 스파크가 일어난다.

동만. 언젠가부터 그녀에게 변화가 있었다. 좌승훈의 죽음과 보안실의 감시로 내가 활동을 자제했던 몇 달 동안. 뭔가가 그녀 안에서 일어났던 것이다. 만약 그녀를 좀 더 밀착해서 지켜볼 수 있었다면 아이디와 내 사진을 도용했다는 걸 어떻게든 알 수 있었을 것이다. S. D. Mann 이라고? 그때, P대학을 산책하면서 세렌디피티 사용하냐고 물었을 때 그렇게 잡아떼더니…… 헛웃음이 난다. 깜찍한 짓을 했구나.

"설명할 수 있을 것 같군요. 근데, 당신은 누구죠? 한국 사람인가요?"

안경의 표정에 묘한 웃음이 스쳐 지나간다. 자신의 몰골을 스스로 한 번 훑고 머쓱해서 말한다.

"난 케니라고 해요. 조니이기도 하죠. 지난 1년 동안 당신의 남자 친구였어요. 비록 사진과는 좀 다르지만 당신 애인이라고요."

그렇게 된 거구나. 동만이 아주 제대로 걸려들었던 모양이구나. 난 안경에게 소리친다.

"케니? 조니? 당신 이름이 뭐가 되었든 저 사람들한테 제대로 전달해. 매니의 본명은 심동만이고, 저 앱에 있는 사진은 그녀의 것이 아니야. 여권에 있는 대로 내 이름은 현미영이라고!"

심상치 않은 분위기를 감지한 선글라스가 안경을 툭 친다. 나에게서 눈을 떼지 않은 채 그가 통역한다. 선글라스의 표정이 바뀌고 파랑에게 손을 내민다. 그 손 위에 내 여권이 쥐어지고 그가 확인한다. 갑자기 일어나 일그러진 얼굴로 안경의 뺨을 때린다. 바닥으로 쓰러지고, 그는 그 상태에서 내게 소리친다.

"당신 말을 어떻게 믿죠? 돈 빼앗기기 싫어서 그냥 아무 말이나 하고 있는 거 아닌가요? 이 사람들 무서운 사람들이에요. 당신이 진짜 매니가 아니라고 해도, 그래서 돈을 가지고 있지 않다고 해도 여기서 못 나가요."

난 상체를 뒤로 젖히며 의자 등받이에 몸을 기댄다. 허탈한 웃음에 입에서는 바람 빠지는 소리가 난다.

"나 당신들과 같은 편이야. 심동만 씨, 아니 매니를 세렌디피티에 가입시킨 게 나라고!"

나는 '돼지 잡기(Pig Butchering)' 로맨스 사기의 알선책이다. 마음 한구석이 무너진 사람들을 타인의 따뜻한 체온이 도움을 줄 거라며 데이팅 앱에 가입시킨다. 간간이 비밀스럽게 조언을 청해 올 때 당신의 욕망에 충실하라며 용기를 북돋아 준다. 돼지들이 앱에서 시작된 관계에 빠져들고 수익이 나기 시작하면 지정된 대포 통장으로 현금을 받아 내 몫을 떼고 '도살자'들에게 보낸다. 안경에게 다시 말한다.

"당신의 돼지를 누가 찍어 보내는지 모르는 모양이네. 하기야 세렌디피티 아이디를 받으면 열심히 꼬시기나 했지 일이 어찌 돌아가는지 전체 그림은 몰랐을 수도 있겠다."

난 여태까지 내가 물어다 준 돼지들의 아이디를 읊어 주고 안경은 다시 선글라스에게 통역한다.

동만을 새로운 돼지로 정했던 것은 어찌 보면 필연적인 일이었다. 난 욕망이 삶의 운전대를 쥐고 있다 믿어 왔다. 그래야 지금까지 내 인생 여정이 정당화될 수 있으니까. 하지만 그녀는 우리 자신이 욕망의 소유주이므로 운전대를 내어 주는 건 필연이 아닌 선택이라 주장했다. 한번은 쇼핑 중독에 빠진 내담자를 상담한 후 같이 디브리프했던 적이 있었다. 나는 그녀의 조언에 대해 질문을 던졌다.

"선생님, 과연 그 욕망의 '채널링'이란 게 가능한 일일까요?"

"물론이지. 만약 그게 불가능하다면 이 세상은 애초에 혼돈 속에 빠지고 말았을 거야."

"그 내담자분, 선생님 말씀대로 자기 자신을 객관적으로 관찰하고 성찰한 뒤 충동적 쇼핑 대신 운동이나 독서, 명상으로 욕구를 해소할 수 있을 것같이 보이지 않아서요."

놀란 듯 내 얼굴을 한번 쳐다보고 나서 그녀는 말했다.

"난 그렇게 생각 안 해요. 그리고 설령 단기적으로는 힘들어할지 몰라도 궁극적으로는 그렇게 할 수밖에 없을 거예요. 내가 말한 방법밖엔 없으니까."

"그분의 쇼핑 욕구를 트리거하는 근본적 결핍이 뭘까요?"

그녀는 좀 더 오래 내 얼굴을 쳐다보다가 다시 입을 열었다.

"글쎄, 그게 그렇게 상담 한 번에 명확히 드러나는 건 아닐 것 같은데. 혹시 미영 쌤 뭔가 와 닿는 게 있었어?"

"남편의 관심 부족, 부모의 애정 결핍, 아름답지 못한 외모……. 한둘이 아닌 것 같던데요."

"좋아, 지금 말이 다 맞다면 처음 질문에 답이 될 것 같은데."

어떻게? 내 표정을 읽기라도 했다는 듯 그녀가 말했다.

"그러니까 그렇게 복합적인 결핍에서 오는 욕망에 대해서 쇼핑이 답이 될 수 있었다면, 다른 종류 – 가급적 부작용이 작은 – 행위도 얼마든지 답이 될 수 있다는 거지."

"아닐걸요."라고 지나가듯 조용히 한마디를 뱉었다. 참을 수가 없었다. 분노가 치밀었다. 그녀의 얼굴을 보니 그 한마디에 숨은 반항심을 느끼고 놀란 듯했다. 그래서 그 말에 대한 설명을 요구받기 전에 '좀 더 공부하고 참관도 더 열심히 해야겠다. 그러다 보면 선생님 말씀을 확실히 이해하게 될 것 같다'라고 얼버무리긴 했지만, 내 의구심은 확신이 되고 있었다. 심동만은 진정한 결핍이 뭔지 모르고, 그렇기 때문에 거기서 비롯되는 욕망이 굉장히 고상한 방법으로 해결될 수 있다고 생각하는 사람이라는 것이. 그 후 그녀가 이혼하고 눈에 띄게 자기 자신의 내면으로 침잠해 들어가는 모습을 보면서 다름 아닌 그녀를 통해 내 생각을 증명해 보고 싶은 욕망이 생겨났던 것이다.

그즈음 내담자 중 잠재적 '돼지'의 수가 줄면서 알선 실적이 저조하기도 했다. 또 보안실의 움직임이 심상치 않아서 내담자들을 포섭하는 것은 조심해야 했다. 간혹 늦은 밤에 동만의 PC로 '도살자' 측과 연락을 주고받기도 했는데 그게 레드 플래그를 올린 모양이었다.

그녀가 폰에 세렌디피티를 설치하도록 할 때까지는 순조로웠다. 외로운 그녀의 사정을 알기에 충분히 예상할 수 있었던 일이었다. 초기에는 진도가 더딘 편이었다. 평소 자신의 말대로 정말 욕망을 철저히 통제하고 있는 건가 하는 생각도 들었다.

하지만 지난겨울 그렇지 않다는 징후가 보였다. 화장은 진해지고 패션은 과감해지고 혼자서 폰을 들여다보고 있는 시간은 늘어나고. 좀 더 밀착해서 그녀의 상태를 좀 더 정확하게 파악하고 틈이 보이면 파고들려 했다. 하지만 그 무렵 한동안 작업했던 몸캠 돼지 하나가 죽어 버리는 바람에 바짝 엎드려 있어야 했고, 난 한동안 동만에게서 일어나는 변화를 관찰할 수 없었다. 저기 저 안경이랑 그렇게 알콩달콩 연애해 온 줄 모르고. 더욱이 현금 50만 불이 그를 구하기 위한 돈이라니.

선글라스를 통해 확인되었는지 그들은 내게 작은 방을 하나 내준다. 내가 한국에서 '돼지'를 포섭하면 바로 '도살자'에게 연결된다고 생각했는데 중간에 두세 단계가 더 있었던 것 같다. 그리고 발각될 때를 대비해서 점조직화되어 있어 전체 네트워크를 아는 사람은 극소수일 것이다. 선글라스도 그 정도 레벨은 아님에 틀림없다.

침대 하나, 화장실 하나. 식사는 비닐봉지에 담겨 전달된다. 빵이나 식은 만두 몇 개와 페트병에 든 물. 코로나 격리 정식? 폰도 여권도 뺏기고 TV조차 없다. 창밖으로 창살이 설치되어 있고 문은 다른 방들처럼 밖에서 잠기게 되어 있다. 여기 얼마나 더 있어야 하는 걸까?

그때 밖에서 자물쇠 풀리는 소리가 들린다. 침대에서 일어나 앉는다. 무릎 위에 올려놓은 두 손바닥에서 땀이 난다. 안경. 몇 시간 전보다 좀 더 깔끔해진 모습으로 들어온다. 옅은 갈색 셔츠에 감색 반바지와 샌들. 확실히 나보다 어리구나.

"왜 내가 아직 여기에 있어야 하는 거죠?"

"'두리안 콤플렉스'라고 부릅니다. 마피아들이 주인이죠. 사이버 범죄의 종합 선물 세트라고 보시면 돼요. 보이스 피싱, 온라인 도박, 사기 리딩방, 로맨스 사기. 건물들로 미루어 짐작해 보면 이 안에 수백 명, 아니 천 명도 넘는 사람들이 있을 거예요. 그 사람들끼리 사용하는 카지노까지 있죠."

"왜 아직 내가 여기 있어야 하냐고 물었어요. 당신은 왜 여기 있죠?"

"미영 씨라고 했죠? 전 형만주라고 합니다. 스물다섯이니까 내가 동생이네요."

"이봐요, 만주 씨. 아까 얘기했고 확인도 해 줬던 대로 난 당신들과 같은 편이에요. 날 가두어 둘 이유는 없다고요."

그는 어깨를 으쓱, 고개를 갸우뚱하며 말한다.

"미영 씨가 돼지들을 도살자들과 엮는 '사냥꾼'이라는 건 확인이 된 것 같아요. 얘기했던 아이디들도 다 맞으니까요. 미영 씨 모르게 매니가 사진을 사용한 것도 믿을 수 있어요. 좀 바보 같긴 하지만. 근데 '같은 편'이라고요? 그건 믿기 어려워하는 것 같아요. 최근에 그런 식으로 경찰이나 기자들이 두리안에 잠입을 시도했던 일도 몇 번 있었고요. 대체 치앙마이에는 왜 온 거죠?"

"보면 몰라요? 놀러 왔다고요. 공항에서 당신들이 그렇게 날 납치하지 않았다면 지금쯤 호텔에 체크인하고 시내를 둘러보고 있었을 거예요."

"이 날씨에요?"

잠깐 말이 막힌다. 남들을 속일 때 거짓말은 여러 가지 상황을 대비해서 사전에 준비할 수 있지만 질문을 받았을 때 나를 합리화하기 위한 거짓말은 미리 만들어 놓을 수가 없는 게 문제다. 그의 눈을 보니 천장 한구석을 보고 있다. CCTV? 그가 다시 입을 연다.

"미영 씨도 대충 짐작하겠지만, 나도 잡혀 온 처지예요. 한국에 있을 때는 작가 지망생이었는데 신춘문예, 문예지, 다른 공모전까지 모두 서른 번 이상을 낙방한 뒤에는 자포자기 상태였어요. '쓸데없는 짓거리 하고 있다'라며 비난하는 아빠와 싸우고 집을 나왔는데 취직은 안 되고 갑갑하더군요. 그때 '고수익을 올릴 수 있는 댓글 알바, 해외에서 살아 볼 수 있다'라는 광고에 현혹되어서 이곳 두리안에 온 게 3년 전이에요."

말없이 그의 얼굴을 바라본다. 좀 머쓱해하면서도 자기 이야기를 멈추지는 않는다.

"처음엔 많이 때렸어요. 며칠씩 굶기기도 했고요. 전기 고문은 정말 견디기 힘들었어요."

그가 뺨과 턱을 긁는다. 샌님 같은 얼굴과 대비되는 거친 손. 보이는 오른손 손톱은 뽑힌 적이 있는 듯 크기나 위치가 모두 부자연스럽다. 내 시선을 느꼈는지 그는 어색하게 손을 주머니에 넣는다.

"하지만 돼지 잡기가 거듭되면서 수익을 올리기 시작하니까 대접이 조금씩 달라졌어요. 구타도 없어지고 밥, 반찬도 좋아지고. 제가 '돼지 밥(로맨스 사기 대상자를 정서적으로 조종하고 돈을 뜯어내기 위한 일종의 시나리오)'을 좀 잘 만들거든요. 영어와 중국어를 좀 하는 것도 도움이 되었고요."

"재능을 엉뚱한 데 낭비해 왔군요."

생각 없이 나온 내 말에 그가 갑자기 입을 다문다. 아차 싶어서 그의 표정을 살핀다. 시선은 내 머리 위 어딘가에 있고 윗니는 아랫입술을 깨물고 있다. 경솔했다. 어쩌면 이 쓸모 없어 보이는 남자가 내게 유일한 희망일지도 모르므로. 다시 무표정으로 돌아간 그는 덤덤하게 말을 이어 간다.

"세상에 외로운 사람들 참 많더라고요. 결국 돈 뜯어내려고 하는 거지만 때로는 봉사활동을 하고 있는 것 같은 기분도 들었어요. 매니가 딱 그런 경우였죠. 나보다 열 살 정도 많은 미군의 신분을 이용해 접근했는데, 처음에는 소극적이더니 서로 좀 익숙해진 다음부터는 장난 아니었어요. 그 사람 서른일곱 살 맞기는 한가요? 어쨌든 오랫동안 쌓여 온 욕망의 둑을 내가 터뜨려 버린 듯한 느낌이었어요. 처자식이 있다는데도 크게 신경 안 썼어요. 아니, 오히려 나를 더 강하게 원하더군요. 뭔가 판타지 속에서 사는 사람 같았어요.”

내가 아는 심동만 얘기인가? 예상은 했지만, 그 정도였을 줄은 몰랐다. 그러고 보니 만주는 왜 나한테 이 모든 이야기를 하고 있는 거지?

“보통 돼지 한 마리에 기껏해야 5만 불이 최고 수익인데 매니는 지금까지 10만 불이 넘고 몸값까지 더해지면 자그마치 60만 불이에요.”

“아까부터 몸값 몸값 하는데 대체 누구의 몸값을 말하는 거죠?”

만주는 케니의 납치, 조니의 중재 설정에 관해서도 설명해 준다. 기가 막힌다. 그걸 믿는다고? 한국에서의 인생을 완전히 내려놓고 전 재산을 몸값으로 쓰려고 한다고?

“미영 씨, 이대로 있으면 여기서 영원히 못 나가요. 아까 그 선글라스 쓴 사람 보셨죠. 무서운 사람이에요. 자기들끼리는 ‘라오펑(Lao Feng)’이라 부르는데, 미얀마 혼혈 중국인이에요. 원래 윈난성 일대를 주름잡던 조폭이었는데 지방 정부에 밉보여 여기 두리안으로 흘러들어 왔대요. 돼지 잡기든 보이스 피싱이든 그 사람이 벌이고 있는 ‘사업’에 도움이 되어야지, 만약 쓸모가 없다고 판단되면 남자는 범죄에 강제로 가담

시키고, 여자는 술집이나 사창가에 팔아 버려요. 그것도 쉽지 않은 사람들은 그냥 안구랑 장기랑 적출해서……. 한번은 두리안에 잠입해서 스파이 짓을 하다 걸려서 탈출을 시도했던 사람이 있었는데, 들리는 말로는 '네클레이싱'이라고 해서 몸에 휘발유를 적신 폐타이어를 씌워 옴짝달싹 못 하게 한 뒤 불을 질러 버렸다고 해요. 평생 잊을 수 없는 끔찍한 비명을 지른대요."

난 얼굴을 찌푸린다. 무섭기는 한데 그 와중에 왠지 듣고 싶은 이야기가 있어 판을 까는 느낌. 만주의 표정을 보니 드디어 용건을 이야기하려는 것 같다.

"매니는 누구죠? 실제로는 몇 살이고, 어떻게 생긴 사람인가요? 여자는 맞죠? 아닌가요?"

역시 그랬구나. 갑자기 깨끗한 옷을 입고 들어와 한국말로 나를 설득해서 동만에 대한 정보를 캐내려는 거였구나. 지금 그에게 내가 아는 걸모두 말했다가는 정말 당장 내일 '두리안 콤플렉스' 어딘가에 있을 성매매업소로 끌려갈 수도 있다. 대신 제안을 해 본다.

"만주 씨, 그 돼지 찾는 거 내가 도울 수 있어요. 돕게 해 줘요."

그의 표정이 어두워진다. 기대했던 반응이 아닌 거다. 즉, 내가 맞게 반응한 것이다.

"미영 씨, 그러지 말고……."

“아니, 만주 씨가 내 말 좀 전해 줘요. 그 무섭다는 라오펑한테 말이에요. 추적팀을 꾸려 달라고.”

“추적팀이요?”

“네, 공항에 나를 마중 나왔던 것처럼 말이에요. 돼지는 방콕으로 먼저 갔어요. 아마 돈을 마련하기 위해서였을 거예요. 하지만 결국 이곳으로 오겠죠. 연락은 만주 씨가 이미 취하고 있지 않나요?”

“그렇긴 한데, 나를 100% 신뢰하지는 않는 것 같아요. 두리안에서 좀 떨어져 있는 정글 한가운데 좌표를 알려 주면서 5일 기한을 줬어요. 이제 이틀 남았네요. 아마 이 근방에 오면 다시 접촉해 올 거예요.”

“만약 연락해 오지 않으면요?”

“네?”

“얼마 동안 사귀었다고 했죠?”

“그건 왜요?”

“1년 가까이 되지 않았나요? 그러면 그 사람 바보가 아니라는 건 잘 알고 있을 거 아니에요. 더구나 20년 가까이 다양한 사람들과 심리 상담을 해 온 전문가예요. 만주 씨가 완벽히 속이지 못했을 가능성도 있어요.”

뭔가 생각하는 듯했던 그의 표정이 굳어진다. 뭔가 찔리는 데가 있음이 틀림없다.

“확실히 조니에 대해서는 100%까지는 신뢰하지 않는 느낌이었어요.”

"조니가 중간에서 딴마음을 먹을까 봐 걱정하는 건가요? 아니면 그 존재 자체를 의심하는 건가요?"

그는 고개를 숙이고 안경을 벗어 입김을 불어 닦는다. 내 얼굴을 스스로 볼 수는 없지만 상대의 얼굴 표정으로 짐작하건대 내가 뭔가 질책하는 기색이었던 모양이다. 난 최대한 부드러운 목소리로 다시 말한다.

"만주 씨, 꼭 라오펑한테 전해요. 추적팀을 꾸리고 나를 꼭 데리고 가 달라고. 그 돼지의 얼굴을 알 뿐더러 내가, 아니 나만이 이곳 두리안 콤플렉스로 유인해 올 수 있다고요. 걸린 돈이 자그마치 50만 불이에요. 가만히 앉아서 기다리려고들 했어요?"

*

성실하지만 무능했던 부모. 가난 속에 자라며 난 어려서부터 욕구불만이었다. 장난감, 옷, 케이크……. 거리를 돌아다니며 눈에 띄는 건 뭐든 집착의 대상이었다. 주유소 알바로 푼돈을 모아 보기도 엄마 지갑에 손을 대 보기도 했지만, 돈은 항상 부족했다. 어느새 모든 걸 내려놓고 먹는 것으로 그 욕구들을 해소하고 있었다. 두 배로 커져 버린 몸. 가장 아름다움에 민감할 나이에 혐오스러운 모습이 되어 버리고는 다른 차원의 자격지심과 욕구불만에 빠져 버렸다.

하지만 대학에 들어가고 좋은 친구들을 사귀면서 서서히 마음이 돌아왔고 다이어트를 시작하게 되었다. 먹는 것에 쓸 돈을 모아서 예쁜 옷을 산다. 내 사이즈보다 두세 단계 작은 걸로. 살을 빼서 기어이 그 옷에 몸을 맞춘다. 반으로 줄어든 몸. 거울 앞에 섰을 때의 희열이란. 하지만 어느새 그런 식으로 쇼핑 중독에 빠지게 되었다.

SNS의 시대가 본격적으로 열리면서 예쁘고 비싼 것에 대한 집착은 강해졌다. 주변에 나 같은 사람이 적지 않았다. 인스타와 유튜브 셀럽들은 연일 이름만 들어 본 유명 관광지에서 역시 이름만 아는 명품 옷, 구두, 핸드백을 자랑해 댔다. 현대 기술의 저주로 손가락 탭 두세 번이면 그 물건들이 내 것이 되었다. 카드 빚은 쌓여만 갔다.

[현미영 씨 맞으시죠? 신청하신 카드 배송차 연락드렸습니다.]

신청한 적이 없는 카드. 하지만 반송 처리를 위해 카드사에 연락해야 했다.

[어? 고객님 카드와 정상 연동된 계좌가 있는데요.]

명의 도용이 의심되니 자신들이 제공하는 보안 앱을 깔고 1332 금감원으로 신고하라고 했다.

[최근 유행하는 신종 수법인 듯합니다. 미리 연락해 놓을 테니 1301 검찰로 바로 연락하세요.]

나중에 알고 보니 보안 앱을 설치한 순간 모든 게 끝났던 것이었다.

배달원 - 카드사 - 금감원 - 검찰 모두 이를 사칭한 범죄자들, 한통속이었다. 피해 금액 5천만 원. 내 돈도 아니었다. 카드 빚을 메꾸기 위해 여기저기서 어렵게 구해 놓은 자금. 랜선 저편 어딘가에서 얼굴 모르는 누군가가 모두 가져가 버렸다.

경찰에 신고했지만 이미 없어진 돈은 찾을 길이 없었다. 도와줄 사람이라고는 아무도 없었다. 다니던 학교를 그만두고 공장에라도 들어가야 하나? 근데 그렇게 해서 해결할 수 있는 금액이 아니었고, 채권자 중에는 말이 통하지 않는 무서운 사람들도 있었다. 적어도 임상 심리 상담사를 준비할 수 있는 대학원에 입학하려던 꿈은 확실히 깨졌다고 생각했다. 그 무렵 전화가 왔다. 내 이름을 이상하게 발음하는 남자였다.

[메이잉 씨, 잘 들어요. 얼마 전에 5천만 원 잃어버렸죠?]

순간 심장이 멈추는 것 같았다. 가슴을 손으로 눌러 진정시켰지만, 목구멍에 커다란 이물질이 걸린 듯한 목소리가 나왔다.

"그걸 어떻게……. 당신인가요? 그 돈 돌려주셔야 해요. 그거 없으면 저 큰일 난단 말이에요. 경찰에 신고 안 할 테니 제발……."

[그 돈 다시 찾을 수 있습니다. 지금부터 제가 하는 말 잘 들으세요.]

"찾을 수 있다고요?"

[네. 메이잉 씨가 작은 부탁을 하나 들어주면 저희가 돈을 드릴 거예요.]

그들이 지정하는 장소에서 기다리고 있다가 누군가 와서 가방을 주거든 거기 들어 있는 돈을 미리 알려 준 수십 개 계좌에 백만 원씩 나누어 입금하라는 것이었다. 시킨 대로 하면 전체 금액의 5%를 수고비로 주겠다고 했다. 찝찝한 마음은 있었지만 너무나 절박했다.

그다음 날, 동대문 문화역사공원역 14번 출구 앞에 서 있었다. 지시받은 대로 '베어즈' 스포츠 캡과 마스크를 착용하고. 둘러봤는데 주변에 CCTV는 없는 것 같았다. 긴장되어 제대로 봤는지는 모르겠지만. 멀리서부터 다가오는 한 노인. 등산복 차림에 배낭, 구부정한 걸음걸이가 족히 80세는 넘어 보였다. 그는 내 모자를 확인하더니 배낭을 내밀었다. 그걸 덥석 받고 돌아서 가려고 할 때였다.

"이봐요, 이거면 해결되는 거 맞죠? 꼭 합의해 주셔야 합니다."

얼굴처럼 잔주름이 자글자글한 목소리였다. 내가 가지 못하도록 배낭 옆쪽의 끈을 잡고 있었다. 아들의 교통사고 합의금을 들고나왔다며 사정하는 그의 입술이 파르르 떨리고 있었다.

"저…… 저는 그냥 심부름만 하는 사람이라……."

배낭을 잡아채 메고 잰걸음으로 그 자리를 벗어났다. 길모퉁이를 돌면서 뒤를 힐끗 봤을 때, 그는 나를 따라오기는커녕 그 자리에 서 있는 것도 힘겨운 듯 쪼그려 앉아 있었다. 지정받은 은행 ATM기로 향했다. 입금을 위해 배낭을 열어 보니 5만 원짜리로 백 장짜리 묶음 열 개가 들어 있었다. 딱 5천만 원 - 나의 피해액. 그대로 내 계좌에 입금해 버릴까? 생각했을 때 폰으로 문자가 왔다.

〉메이잉, 수고 많았어요. 이제 당신 우리랑 한배를 탔네요.

난 주변을 둘러봤다. 유모차를 밀고 인출을 하러 온 듯한 아기 엄마. 학생인 듯한 20대 청년 하나. ATM 코너의 유리 벽 밖으로도 딱히 수상해 보이는 사람, 전날 전화했던 남자처럼 보이는 사람은 없었다. '한배를 탔다'라고? 바보는 아니기에 그의 '부탁'이 정말 부탁이라 믿었던 것은 아니다. 하지만 난 그저 심부름만 했을 뿐이고 사실 피해자 아닌가? 순간 천장에 설치된 CCTV가 눈에 들어왔다. 나는 배낭을 들고 있었다. 그 안에 든 5천만 원은 애초 누구의 것이었는지, 입금할 계좌는 누구의 것인지도 모른 채.

비슷한 심부름을 열한 번 더 해서 3천 백만 원을 벌었을 때 다시 전화가 왔다.

[메이잉 씨가 일을 잘하니까 승진시켜 주겠습니다.]

"네?"

[내일 계좌로 4억 원이 입금될 겁니다. 그걸 인출해서 사흘 내에 지정된 계좌들로 옮겨 주면 돼요.]

수고비는 마찬가지 5%. 하지만 한 방에 2천만 원. 총피해액 5천을 되찾고도 돈이 남게 될 것이었다. 그 무렵 이미 내가 하는 일들이 범죄라는 건 알고 있었다. 하지만 오히려 사기를 당하기 전과 달리 카드 빚을 전액 갚을 뿐 아니라 졸업해서 대학원까지 진학할 수단이 생겼다는 생각이 들었다. 편의점이나 카페보다는 돈이 훨씬 컸고, 술집에 나가는 것보다는 덜 굴욕적이었다.

다음 날, 집에서 가급적 먼 곳에 있는 거래 은행 지점 다섯 곳을 우선 돌기로 했다. 출금 한도 때문에 ATM으로 사흘 내 4억 원을 인출할 방법은 없었으므로. 최대한 나이 들어 보이도록 꾸미긴 했지만 어린 여자아이가 천만 단위의 돈을 찾는다고 하니 창구 직원들이 사용 목적을 물었다. 유학, 결혼, 부모님의 부동산 투자 자금……. 최대한 침착하게 미리 준비해 놓았던 답을 이야기했고, 생각했던 것보다 수월하게 돈을 찾았다.

복병은 마지막 지점에서 나타났다. 나이가 좀 있는 듯한 창구 직원이 인출 요청을 받아 처리하려다가 갑자기 물었다.

"손님, 혹시 이 돈 어디에 쓰실 건지 말씀해 주실 수 있을까요? 요즘 보이스 피싱 피해가 급증한 탓에 본점에서 새 가이드라인이 내려왔거든요."

"아, 제가 갑자기 미국으로 유학을 가게 되어서요."

"그러시군요. 축하합니다. 근데 혹시 F1 비자 사본을 보여 주실 수 있을까요? 비자 승인 전이라면 합격 허가 이메일을 보여 주셔도 무방합니다."

놀람도 당황함도 드러내서는 안 되기에 난 우선 미소를 지었다. 그냥 대충 훑어봐도 두 대 이상의 CCTV가 내 쪽을 향하고 있는 것 같았다. 핸드백에서 기름종이를 꺼내 양 볼을 가볍게 터치하면서 반문했다.

"보통 그런 사항까지 확인하시나요? 다른 은행들은 그렇게 안 하는 걸로 알고 있는데……."

직원은 나에게서 눈을 떼지 않으며 말했다.

"말씀드린 대로 본점 가이드라인에 따라 확인을 요청드리는 것뿐입니다. 제가 아는 유학생들은 보통 중요한 문서들은 다 폰에 사진 파일로 저장해 놓고 다니던데요."

어쩔 수 없이 불편한 표정이 떠오르는 것이 느껴졌다. 빌어먹을 팔자 주름. 끝까지 증빙 제시를 거부해 볼까? 아니면 신청을 철회하고 나갈까? 그때 뒤에 앉아 있던 매니저 중 하나와 눈이 마주쳤다. 점잖아 보이는 중년 남자였다. 내 눈빛을 보고 SOS 신호를 알아챘을까? 그가 일어나더니 내 창구 쪽으로 다가왔다.

"손님, 뭐 불편한 일이라도 있으실까요?"

직원은 살짝 놀라 뒤를 돌아봤고, 나는 그를 보고 말했다. 표정으로는 편치 않은 기색을 잔뜩 내면서.

"아니요. 지금 제가 좀 빠르게 처리해야 하는 인출 건이 있는데, 친절하게 잘 도와주고 계셔요."

남자는 "그렇군요. 잘 알겠습니다."라며 물러서면서도 직원에게 잠깐 이야기 나누자고 몸짓했다. 직원은 그를 따라 그의 자리 쪽으로 움직였다. 남자는 앉고 직원은 서 있는 상태에서 두 사람은 이야기를 나눴다. 직원이 뭔가 말하며 내 쪽을 보자 그도 힐끗 쳐다봤다. 난 표정 변화를 최대한 억제하면서 자세를 고쳐 앉았다. 잠깐 밖으로 뛰쳐나갈까도 생각해 봤다. 기름종이로 이마도 두드려야 했다.

4억 원의 송금을 완료한 후에도 나를 바라보던 그 창구 직원의 의심스러운 눈초리가 내 몸 어딘가 붙어 있는 듯했다. 몇 번이고 샤워로 씻어 내기까지 해도 찝찝했다. 매니저와 이야기한 후에 그녀는 말 한마디 없이 내가 요청한 금액을 건네줬다. 최소한의 영업용 웃음기도 씻어 낸 무표정으로.

그녀는 나에 대해 뭐라고 얘기했을까? 매니저는 어떻게 생각했을까? 무슨 근거로 나를 믿고 순순히 그 인출을 승인했던 것일까? 내가 사기 당한 돈도 이런 식으로 누군가의 손을 거쳐 랜선 저편의 악당들에게 전달되었던 것일까? 그때 그 직원 같은 사람이 제동을 걸어 줬었더라면, 그 매니저 같은 사람이 부하 직원의 말을 좀 더 경청했더라면. 마음이 어지러웠다.

이후 몇 달 동안 인출 건은 대여섯 번 있었고, 그녀같이 깐깐한 창구 직원도 두세 번 더 만났다. 하지만 난 훨씬 더 대담해져 있었고, 한번은 매니저까지 불러서 차분하게 컴플레인하기도 했다.

그러고서 두 가지의 변화가 있었다. 우선, 한 번 더 '승진'한 나는 로맨스 사기의 잠재적 타깃들을 - 그들은 '도살(Butcher)'할 '돼지들(Pigs)'이라 불렀다. - 선정하고 세렌디피티 앱을 깔도록 설득하는 일을 맡았다. 돼지 한 마리당 5백에서 천만 원. 인출책을 할 때보다 수입은 적었지만, 잡힐 가능성이 훨씬 낮았다.

그리고 묘한 쾌감도 있었다. 겉보기에 멀쩡한, 자기 자신은 항상 도덕적 우위에 서 있다고 생각하는 사람들일수록 유혹에 취약한 모습을 보였다. 옆에서 좀 부추겨 주면 더더욱 빠르고 깊게 랜선 로맨스에 빠져들곤 했다. 이런 짓을 하려고 심리학을 공부했나 자괴감이 들 때도 있었고, 간혹 피해자들에게 죄책감도 느꼈다. 하지만 현실적인 보상은 나를 멈출 수 없게 했다.

돼지를 다섯 마리쯤 잡았을 무렵, 빚을 다 갚은 것은 물론, 통장에 현금이 5천만 원 넘게 모였다. 내가 사고 싶었던 것들을 하나하나 손에 넣기 시작했다. 로로피아나(Loro Piana) 재킷, 더로우(The Row) 백, 토템(Toteme) 액세서리. 근데 이전만큼 재미있지 않았다. 사고 그다음 날 반품하는 일이 늘어났다.

그러고는 문득 깨달음이 왔다. 나의 쇼핑 중독이 치유된 것이 아니라 도파민의 원천이 달라졌다는 것을. 사기 수익금의 수거책에서 인출책

으로, 또 사기의 알선책으로 새로운 '업무'를 부여받고 성공시켜 나가는
과정에서 느꼈던 성취감이 생각보다 컸던 것 같았다.

*

　선글라스 때문에 잘 보이진 않지만, 라오펑의 눈이 내 얼굴을 훑고
있음을 안다. 표정을 보고 무슨 다른 꿍꿍이가 없는지 가늠하려는 것이
다. 옆에서 만주는 그의 눈치를 살피며 마른침을 삼키고 있다. 라오펑은
동만의 사진을 요구했고 난 폰에 저장된 사진이 없다고 답했다. 그녀가
SNS를 하는 것도 아니므로 동만의 진짜 얼굴을 아는 사람은 나뿐이다.
그래야만 한다.
　"하오(好, 좋아)!"
　중국어는 모르지만 오케이라는 이야기 아닌가. 만주 쪽을 보니 가슴
을 쓸어내리고 있는 것 같다. 라오펑은 어느새 소총과 권총, 그리고 대
검으로 무장하고 온 빨강과 파랑에게 빠른 말로 뭔가 지시하고 그들은
만주와 나를 어딘가로 끌고 간다.
　숙소 건물 앞에 힘상궂어 보이는 자동차 한 대가 서 있다. 차에 대해
서 잘 모르지만 언젠가 TV 프로그램에서 본 듯하다. 아무리 험한 지형
도 헤치고 다닐 수 있다던가. 빨강이 운전대를 잡고 파랑이 그와 대각선

으로 뒤에 앉는다. 만주는 빨강 옆에, 나는 파랑 옆에. 엔진 소리가 짐승의 거친 숨소리 같다. 이 짐승을 타고 난 반드시 동만을 찾을 것이다. 그래서 그 50만 불을 내 것으로 만들고야 말 것이다.

III. 두리안 콤플렉스(Durian Complex)

7. 동만

어딘가에서 나를 기다리고 있을 케니를 생각하니 옆구리를 칼에 찔린 듯 날카로운 통증이 느껴진다. 어쩌면 그가 걸어서 닿을 수 있는 위치에 있을 거라 생각하니 더 안달이 난다. 설명 없는 침묵 속에 미칠 것만 같다. 좌표와 시한을 알려 줬던 조니는 어디에 있는 것일까? 반군들에게 배신당한 걸까? 그래서 케니와 같이 잡혀 있는 건가? 죽었나? 설마 그가 나를 배신하고 반군들에게 넘긴 걸까?

달리는 오프로드 지프의 뒷자리. 켄과 나는 모두 양손이 등 뒤로 묶여 있다. 머리에 상처를 입은 켄은 내 어깨에 기대어 있다. 불규칙한 노면에 맞춰 그의 코끼리 펜던트가 춤을 춘다. 옆에는 더벅머리의 남자가 소총을 다리 사이에 세우고, 권총을 들고 앉아 있다. 파란 하와이안 셔츠에 반바지와 샌들. 저런 전투복도 있던가? 앞자리에는 운전대를 잡은 민머리, 내 배낭과 벨트 색을 안고 있는 마른 남자, 그리고 미영이 앉아 있다.

방금 전 미영은 '네가 어떻게 여기 왔느냐'는 내 질문을 무시하고 뭔가 말했다. 그걸 들은 마른 남자가 켄에게 타고 온 차는 어디 있느냐고 영어로 옮겼고 차 따위 없다고 답하자 더벅머리가 AK47 소총 개머리판으로 켄의 이마를 세게 쳤다. '대체 케니는 어디 있느냐?'는 내 질문은 몇 번이나 무시당하고. 그들은 켄과 나를 지프에 태웠다.

신사적인 인질 교환을 예상했던 건 아니지만 이렇게 교환 자체가 없을 거라고는 생각 못 했다. 대체 이들이 반군이 맞기는 한 건가? 켄은 어떻게 알았을까, 내가 아들을 데리러 온 게 아니라는 걸. 좀 더 일찍 물어보지. 아니, 내가 먼저 이야기했어야 했다. 여기까지 그를 끌고 들어와서는 안 되는 거였다.

약간 정신이 들어 어디 가는 거냐 묻지만 돌아오는 건 더벅머리의 험악한 표정과 총구. 미영의 뒷모습이 낯설다. '매니라 불러 드릴까'라고? 어떻게 알았는지, 빈정거리는 말투의 이유는 뭔지 묻고 싶다. 더벅머리와 민머리와 마른 남자와는 한편인가? 확실한 건 내가 아는 그 현미영이 아니라는 것.

검문소가 차를 통과시키는 모습이 어설픈 군부대처럼 느껴진다. 반군들의 본거지로 들어가는 건가? 들고 있는 개인 화기는 무척 낡았다. 그래도 방아쇠를 당기면 총알은 나가겠지. 짓다 말았거나 쓰다 버린 듯한 건물과 구조물 사이로 지프는 천천히 움직인다. 행인 안전을 위해서라기보다 자신들의 구역이라는 안도감에 기인하는 듯하다.

차의 움직임과 반대로 내 맥박은 빨라짐을 느낀다. 뒤로 결박된 손이 덜덜 떨린다. 드물게 눈에 띄는 사람들 포함해서 여태까지 여성은 미영과 나뿐이다. 켄은 아직 고개를 내게 기대고 있지만 눈을 뜨고 있다. 그의 얼굴을 보고 싶지만 왠지 두렵다. 나만큼 무서워하고 있을까 봐.

차가 한 건물 앞에 멈춰 선다. 민머리가 먼저 내리고 뒤따라 마른 남자와 미영이 내린다. 더벅머리가 켄과 나를 내리게 하고 마지막으로 내린다. 그리고 그 순서대로 건물 안으로 들어간다.

지방 도시의 후락한 상가처럼 생긴 건물은 엘리베이터의 부재로 기대에 부응한다. 선두의 민머리는 소총을 느슨한 경계 총 자세로, 후미의 더벅머리는 총구를 켄의 등 뒤에 찌르듯 서서 쏴 자세로 우리에게 다섯 층의 계단을 오르게 한다.

난 마른 남자가 안고 있는 배낭에서 눈을 떼지 않는다. 잘 마감되지 않은 시멘트 복도 위 천장에는 켜지지 않는 전등이 교수형 당한 사형수들처럼 매달려 있다. 바닥 아래에서 죽은 쥐가 썩기라도 하는 듯 은은히 풍기는 이취(異臭)가 습기를 타고 목과 팔과 다리에 벌레처럼 기어오른다. 피부 밖과는 대조적으로 안에서는 묘한 한기가 피어올라 두피의 땀이 얼음 방울처럼 느껴진다.

민머리가 복도 끝 방의 문을 열고 들어간다. P시에 있는 집의 거실만 한 방. 마른 남자는 방 한가운데 있는 철제 책상 위에 배낭과 벨트 색을 올려놓고 그 옆에 선다. 배낭 앞으로 새로운 인물의 뒷모습이 보인다. 미영은 벽에 기대고 있는 민머리의 옆에 서고 배낭 앞의 남자는 나를 돌아본다. 책상 위 천장의 등 하나가 밝히는 어두운 방에서 선글라스를 끼고 있다. 두목?

자신의 맞은편 의자에 앉으라는 그의 고갯짓. 망설이자 뒤에서 더벅머리가 나를 민다. 켄이 항의하는 몸짓을 하자 총구를 그의 머리에 갖다 댄다. 난 말없이 그 의자로 향하고 켄은 더벅머리와 함께 선글라스의 뒤로 간다. M자 탈모가 진행된 지 좀 지난 이마, 각진 턱, 볼이 넓은 코. 외모로만 따지면 차나팁과 비슷하지만 더 위험한 분위기. 하지만 묻는다. 떨리는 내 목소리가 짜증 난다.

"Where is Kenny?"

내 질문에 선글라스의 입꼬리가 올라간다. 그는 대답 없이 먼저 벨트 색을 열고 내 여권을 꺼낸다. 안경을 살짝 내리고 사진이 있는 페이지를 천천히 소리 내어 읽는다.

"Shim Dong-mann. Republic of Korea. Birthdate 1977……."

나도 대답 없이 그를 노려보다가 빠르게 마른 남자 쪽을 본다. 그가 뭔가 중얼거렸기 때문이다.

"뭐라구요?"

내 물음에 그가 혼잣말하듯 답한다.

"Not DM Shin, but SD Mann. Of course……."

미묘한 표정이다. 웃는 듯 화난 듯.

선글라스는 다시 안경을 올리고 그 남자에게 뭔가 말한다.

"케니는 잘 있습니다. 돈은 맞게 가져오셨죠?"

갑작스런 한국말에 놀란다. 누군가가 '만주'라 부르는 걸 듣고 또 어딘가 좌승훈을 연상케 하는 외모를 보고 설마 했는데, 역시 한국인이었구나.

"당신들 누구예요?"

"그건 중요치 않습니다. 돈은 맞게……?"

"50만 불. 백 불짜리 지폐로 딱 맞춰 왔어요. 케니는 언제 볼 수 있나요?"

만주는 선글라스를 '라오펑'이라 부르며 작은 목소리로 뭔가 말한다. 그는 천천히 배낭을 열고 내용물을 책상 위에 쏟는다. 돈뭉치의 개수를 보고 난 뭔가 잘못되었음을 금방 깨닫지만, 그는 돈뭉치 다섯 개 중 하나를 뜯어 백 달러짜리 백 장 묶음 다섯 개임을 확인한 후에야 표정이 바뀐다.

"나머지는 어디 있지?"

통역하는 만주도 놀란 표정이다. 아니, 겁에 질린 표정이라는 게 좀 더 정확하다. 라오펑, 만주, 나를 제외하곤 아직 공기의 변화를 못 알아챈 눈치들이다. 왜인지 모르겠지만 일단 잡아떼고 억지를 부려야겠다는 생각이 든다. 언성을 높인다는 게 울부짖음 비슷한 소리가 난다.

"잘못 센 거 아니에요? 다시 헤아려 봐요. 아니, 내가 해 볼게요."

나의 반문에 채 그가 통역하기도 전에 라오펑이 허리춤에서 뭔가를 뽑는다. 브라우닝 하이파워? 무서운 가운데 박물관에서 나 볼 수 있을 것 같은 낡은 피스톨이 신기하다. 사실 총은 무섭지 않다. 그 뒤에 있는 사람이 무서운 거지. 만주가 다급하게 말한다.

"아줌마, 빨리 말해요. 꾸물대면 죽어요!"

아줌마라고? 케니도 내 실물을 보면 이렇게 반응할까? 하지만 난 아직 상황 파악이 안 되고 - 아니, 상황은 명확하게 이해하지만 이유를 모른다고 하는 게 더 정확하겠지. - 만주는 답답하다는 듯 반복한다.

"나머지 25만 불 말이에요. 어디 있는지 말하라구요."

그가 이야기하는 동안 라오펑은 브라우닝의 안전을 해제하고 슬라이드를 당긴다.

"그…… 그게 나도 모르겠어요. 어젯밤까지는 분명 50만 불이 있었다구요."

"Stop!"

라오펑이 브라우닝을 내 이마에 갖다 대는 순간 켄이 소리친다. 총구는 내 얼굴에 고정한 채 그는 시선만 켄 쪽으로 돌린다.

"케니를 데려오면 나머지 돈이 있는 곳을 알려 주겠다."

켄이 25만 불을? 분명 어젯밤에 배낭을 베고 잤는데. 한편으로는 내게 얘기도 안 하고 돈을 감춘 것이 괘씸하지만 이런 상황이 되고 보니 뭔가 계획이 있던 것이 아닌가 하는 생각이 든다. 만주는 켄의 영어를 통역한다. 그는 케니가 누군지도 모른다. 그냥 나한테는 아들만큼 소중한 사람이라 짐작할 수 있을 뿐. 하지만 지금 그는 케니를 위해 목숨 걸고 이들과 담판을 지으려 하고 있는 것이다.

라오펑의 옆얼굴에 살짝 경련이 일어난다. 속으로는 난감하고 짜증 나는데 여유로운 웃음을 유지하려 하는 것 같다. 그는 조용히 한마디하고 이내 더벅머리가 켄의 관자놀이에 AK를 겨눈다. 난 반사적으로 소리를 지른다.

"안 돼! 켄, 그냥 빨리 말해요."

"동만, 나한테 맡겨요. 이들이 모든 걸 다 알면 케니를 못 보는 건 물론이고 우릴 살려 둘 필요도 없어져요."

만주는 말을 옮기고 라오펑은 더벅머리에게 고갯짓을 한다.

더벅머리는 켄의 복부를 개머리판으로 두 번 세게 때린다. 켄은 배꼽 인사하듯 허리를 굽힌다. 갈비뼈 한두 개가 부러졌을지도 몰라. 뜻하지 않게 눈물이 내 두 뺨을 타고 내려간다. 이마에 차가운 총구가 닿을 때까진 별다른 느낌이 없었는데 갑자기 무서워진다. 켄이 주저앉자 더벅머리는 다시 총구를 그의 머리 쪽으로 돌린다. 그사이에 라오펑은 켄의 앞으로 다가가 몸을 낮추고 눈을 맞춘다.

"Where the fuck is money?"

아마도 그가 말할 수 있는 유일한 영어 문장일지도 모르겠다는 생각이 든다. 하지만 과거에 몇 번이고 말해야 했던.

"Where is Kenny?"

켄이 답하고 더벅머리는 다시 개머리판 휘두를 자세를 취한다. 라오펑은 손들어 저지하고 이번에는 만주 쪽을 본다. 통역하라는 뜻이 아닌 듯하다. 눈빛은 보이지 않지만 입 모양에 비아냥이 느껴진다.

"매니, 케니는 내가 만들어 낸 가공의 인물이에요."

차분하지만 물이 필요한 건조한 음성. 정면으로 만주의 얼굴을 본다. 뭔 소리지? 믿을 수 없어. 미친.

"네? 그걸 나한테 믿으라구요? 난 그와 메시지도 주고받고 화상 채팅까지 했는걸요. 그는 미국에……."

"다 거짓이에요. 이야기를 주고받은 건 나구요."

"말도 안 돼! 당신이 케니라고?"

"케니일 뿐 아니라 조니이기도 하죠."

만주의 시선을 따라가 보니 그 끝에 미영이 있다. 그녀는 방금 전까지 책상 위를 바라보고 있다가 그의 시선을 느끼고 퍼뜩 정신 차려 말한다.

"동만 쌤, 이 사람 말대로예요. 케니와 그의 인생은 여기 형만주 씨가 쓴 소설이라구요."

그녀의 말에 잠시 넋을 놓고 있다가 묻는다.

"미영 쌤은 그걸 어떻게 알지?"

"쌤, 오면서 여기 어떤 데인지 봤잖아요. PC와 사람들로 가득한 방. 그 사람들 손에 케니 같은 인물이 하루에도 수백 명씩 만들어져서 쌤 같은 사람들을 수백 명씩 후린다고요. 돈 뜯으려고. 온라인으로 말이에요."

"글쎄, 미영이 네가 그걸 어떻게 아느냐고?!"

내가 아는 현미영이 맞나? 지난 1년간 내가 그렇게 닮아 보려고 애썼던 매니. 차가운 무표정. 나를 살짝 내려다보는 눈빛이 얼음장 같다.

"쌤, 아니 언니, 정신 좀 차려요. 그 남자 세상에 존재하지 않아요."

"역시 너도 이 사람들과 한패였어. 애초에 나한테 세렌디피티 앱을 깔아 줄 때부터 이렇게 속일 계획이었던 것 아냐? 대체 왜?

처음부터 내가 이렇게 되길 원했던 거야? 내가 너한테 뭘 그렇게 잘못한 거지?"

나 자신도 처음 듣는 내 목소리. 곧 울음이라도 터질 듯해서 부끄럽다. 반면, 아주 작은 동요도 느껴지지 않는 미영의 음성. 주위 환경, 인물과 대비되어 조곤조곤 차분한 말소리가 비현실적으로 느껴진다.

"멋대로 내 사진을 쓰시는 바람에 언니보다 내가 먼저 잡혀 왔어요. 왜냐구요? 언니는 나한테 그저 돼지 한 마리였을 뿐이에요. 비즈니스였으니까 너무 노여워 말아요."

케니뿐이 아니었다. 매일같이 일하고 밥 먹고 수다 떨던 동료이자 막냇동생, 큰딸 같던 후배도 내 마음속의 신기루였을 뿐이다.

미영과 입씨름을 벌이고 있는 동안 만주가 켄에게 영어로 다시 말해 준다. 난 켄 쪽을 본다. 라오펑과 눈싸움을 하다가 힐끗 나를 보는 그. 난 얼른 눈을 돌린다. 내 마음속에 케니의 실체에 대한 의구심이 전혀 없었다면 거짓말일 것이다. 하지만 나름 인간의 심리를 연구하는 사람, 꽤 잘 아는 사람으로서 1년 넘도록 눈앞의 이 허접해 보이는 사내에게 속아 왔다고? 만약 사실이라면 그냥 라오펑의 총에 맞아 죽는 것도 그리 나쁘지는 않겠다.

켄 쪽을 다시 본다. 어쩌면 나보다 훨씬 더 황당할 텐데 눈빛은 연민으로 가득하다. 조난한 코끼리들을 바라봤을 때처럼. 1,000km에 달하는 고난의 우중 운전, 한나절 가까운 정글 트레킹, 그리고 이 낯선 곳에서 금세라도 머리에 총알이 박힐 상황인데. 그의 눈빛은 그저 괜찮다고 말하고 있다.

빌어먹을. 내 삶을 내팽개치는 것도 부족해 다른 사람의 목숨까지 위협받게 만들다니. 생각해 보면 미영의 꾐에 빠져 시작된 일이지만 대부분 내가 자초한 일이다. 만주는 자신이 케니라는 증거로 내게 '사랑의 금고' 시드 구문을 한 단어씩 읊고 나서 말한다.

"아줌마, 저 양키한테 빨리 말하라고 하세요."

만주의 입을 바라본다. 거기서 사실 케니가 지하 감옥에 갇혀 있으니 나머지 금액을 지불하면 같이 나가게 해 주겠다는 말이 나오길 기대하기라도 하는 걸까?

"아줌마, 이러다 총 맞아요. 빨리 저 사람들한테⋯⋯."

"나 아줌마 아니야!"

낮고 작지만 거친 내 목소리. 내 눈빛을 보고 만주는 마른침을 삼킨다. 나도 똑같이 침을 삼키는데 입안에서 쇠 맛이 난다.

켄이 라오펑을 노려보며 말한다.

"돈은 차에 있다. 위치를 말하지는 않을 거야. 하지만 너희들이 동만과 나를 풀어 준다고 약속하면 그곳으로 직접 안내하지.”

만주의 통역을 듣고 라오펑은 총구를 다시 내게로 돌린다.

“셋 셀 때까지 말하지 않으면 이 여자 머리통을 날려 버리겠다.”

하지만 놀랍게도 켄은 내 쪽을 보고 윙크를 한다. 걱정 말라고?

“동만과는 만난 지 48시간도 안 돼. 쏴도 좋은데, 총알이 아깝지 않나?”

‘탕!’

심장이 잠깐 멈췄던 듯 머리에 피가 한꺼번에 돈다. 왼쪽 얼굴이 타는 듯하다. 미영과 만주의 작은 비명이 들린다. 총알은 내 왼쪽 귓불을 스치고 지나갔다. 생각보다 많은 피가 흐른다. 전혀 치명적이지 않다는 걸 머리로는 알면서도 갑자기 눈앞이 아득해지며 시야가 좁아진다. 라오펑은 미소 띤 얼굴로 총 든 손을 살짝 들었다가 천천히 내리며 이번에는 내 관자놀이를 겨냥한다. 켄은 여유가 사라진 얼굴로 뭔가 소리친다. 짧은 말인데 익숙하지 않은 소리다. YOU FUCKING BASTARD!

그리고 다시 총소리가 들린다.

*

두 번째 총소리에 라오펑은 어리둥절한 얼굴로 자신의 브라우 닝을 가까이서 살펴본다. 하지만 오발 사고라기엔 멀리서 들렸을 뿐 아니라 권총보다 큰 구경의 총에서 나는 소리였다. 이어서 셋, 넷, 다섯 번째 총성도 들려온다. 악당들은 서로를 쳐다보다 라오펑의 고갯짓에 민머리가 문을 열고 나간다. 바로 그때 큰 폭 발음이 들리고 방 안의 모든 사람들이 몸을 낮춘다. 그 와중에도 더벅머리의 총구는 켄의 머리, 라오펑의 총구는 내 머리에서 떨어지지 않는다. 미영의 시선이 책상 위 돈다발에서 떠날 줄을 모르듯.

나가기 전보다 얼굴이 많이 더러워진 민머리가 들어와 라오펑에게 뭔가 다급하게 말한다. 그들의 언어는 모르지만 여기를 빨리 빠져나가야만 한다는 의미는 확실히 전달된다. 그의 말을 뒷받침하듯 총성과 폭발음은 점점 더 가까운 곳에서 더욱 자주 들린다. 더벅머리는 켄, 민머리는 나를 총으로 위협해서 문 쪽으로 향하게 하고 라오펑은 돈을 챙긴다.

민머리가 제일 먼저 문을 열고 나갔을 때 잠시 오른쪽으로 고개를 돌렸다가 놀란 표정을 짓는가 하더니 왼쪽에서 누군가 보이지 않는 머리채를 잡고 세차게 당긴 것처럼 머리가 젖혀지면서 쓰러진다. 쉬이잉! 하고 총알이 지나간 소리는 그다음에야 들린다. 누군가의 손이 멍하게 문 앞에 서 있는 내 뒷덜미를 잡아 방 안으로 끌어당긴다. 라오펑이 열린 문 사이로 손을 내밀면서 민머리를 죽인 총알이 날아온 쪽으로 뭔가를 던지고 문을 닫는다.

수류탄? 이번에는 귀를 찢는 듯한 폭발음이 먼저 들리고 다음으로 비명 소리와 흙먼지가 따라온다. 더벅머리는 먼저 나를 문 밖으로 밀친다. 나는 민머리의 피와 뇌수에 미끄러질 뻔한다. 화약 냄새와 피비린내에 속이 뒤집힌다. 더벅머리는 수류탄 연기를 등지고 가라고 손짓한다. 그런 다음 자신은 켄을 끌고 내 뒤를 따른다. 등 뒤로 총소리가 세 방 들린다. 브라우닝 하이파워? 아마도 라오펑이 뒤를 쫓는 자들을 향해 발사한 모양이다.

어디로 가는지 짐작도 가지 않는 상태에서 난 그저 뒤에서 떠미는 대로 간다. 귓불에서는 아직 피가 흐른다. 등 뒤로 묶인 두 손은 몸의 중심을 잡기 무척 어렵게 만든다. 올라올 때와 다른 계단으로 내려가기 시작한다. 위치가 엉뚱하고 입구가 잘 안 보이는 것으로 보아 비상 탈출용인 것 같다. 굴러떨어지는 듯한 속도로 내려간다. 뭔가 타는 냄새와 화약 연기로 겨우 눈을 뜨고 앞을 본다.

1층에서 복도 쪽으로 몸을 트는데 더벅머리가 계속 내려가라고 지시한다. 지하 2층. 계단실 문을 열고 나가니 실내 주차장.

잠시 서서 어두운 공간에 눈을 적응시킨다. 곰팡이와 쥐똥 냄새 밖에는 아무것도 없는 것 같다. 그나마 자동차같이 보이는 건 대부분 반 이상 망가져 먼지를 뒤집어쓰고 있다. 하지만 더벅머리가 리모컨의 버튼 하나를 누르자 전조등과 후미등이 들어오며 한구석에 검은색 세단의 윤곽이 드러난다. 그는 리모컨으로 차 문의 잠금을 해제하고 켄과 나를 뒷좌석에 쑤셔 넣는다.

몇 분 후 만주와 라오펑 역시 승차한다. 배낭은 라오펑의 품속에 있다. 미영은? 뒤에 탄 라오펑은 켄의 관자놀이에 총구를 바싹 들이대며 뭔가 말하고 만주는 통역한다.

"결국 네놈 뜻대로 되었군. 자, 이제 25만 불이 어디 있는지 말해 보시지."

세단은 어두운 주차장에서도 가장 어두운 쪽으로 향한다. 주차장 벽 한구석에 폭이 넓은 구멍이 있고 차는 그곳을 통과한다. 터널의 시작. 다른 목적으로 만들어 놓은 지하 통로를 연장한 듯 잠시 후 천장의 조명은 사라지고 노면은 거칠어진다. 아마도 국경을 벗어나 태국 치앙라이주로 가고 있을 것이다. 만약 켄이 트럭의 위치에 대해 거짓말을 하지 않았다면.

"대체 무슨 일이죠?"

내 질문에 만주는 더벅머리와 라오펑 눈치를 보더니 입을 연다.

"나도 잘 몰라요. 개구리복 입은 사람들이 떼로 몰려와 플래시 뱅을 터뜨리고 총을 쏴 대고 있어요."

"당신들 우릴 어쩔 셈이에요?"

"미얀마 국경선을 따라 두리안 콤플렉스 같은 단지가 수십 개 더 있어요. 아마 그중 습격받지 않은 곳으로 이동하게 될 거예요. 25만 불을 찾은 다음에요."

만약 그 군인들이 이들을 잡으러 온 사람들이었다면 켄과 나는 자유를 찾을 수 있는 절호의 기회를 놓친 것인가? 켄은 자신의 트럭이 주차되어 있는 곳을 기억하고 있을까? 여기서 트럭까지 가는 길을 찾을 수 있긴 한 건가?

켄은 좌표 하나를 만주에게 말한다. 전해 들은 더벅머리는 자신의 폰 지도 앱에 그 정보를 기입한다. 마음에 안 드는지 얼굴을 찌푸리며 뭔가 말한다. 라오펑은 브라우닝 끝으로 켄의 옆 머리를 뚫을 듯 쑤시며 중얼거리는데 만주의 통역을 들어 보니 허튼짓하면 몸의 모든 관절에 총알을 박아 주겠다는 협박이다.

차가 멈추자 만주는 조수석에서 내려 헤드라이트가 비추고 있는 전방으로 간다. 움직임을 보니 빗장 같은 걸 여는 것 같다. 눈앞에 빛의 선이 하나 생기더니 그 폭이 넓어지며 빛의 면이 된다. 터널의 끝. 만주가 다시 타자마자 더벅머리는 액셀을 밟는다. 엔진의 비명과 휘발유와 고무 타는 냄새를 터널에 남기고 세단은 정글로 뛰어든다. 비포장이지만 제법 길도 있다. 그 공터에도 이런 길로 갔던 걸까? 서양인의 두개골. 정말 케니의 것이 아니었을까? 케니가 허상이어서 죽을 일이 없는 게 나은 건가 아니면 그렇게 끔찍한 최후를 맞이했어도 실재했던 인물인 것이 더 나은 건가?

10분쯤 달렸을까, 길은 끊기고 차가 멈춘다. 쿈이 알려 준 좌표는 도보로 트럭을 찾아갈 수 있는 출발점. 모두 내려서 숲으로 들어간다. 내가 지났던 길일까? 설령 그렇더라도 알 수는 없을 듯하다. 습식 사우나. 비 냄새가 강하게 난다. 금방 온몸이 땀으로 젖는다. 더벅머리, 쿈, 나, 그리고 라오펑과 만주가 그 뒤를 따른다.

비틀거리며 걷는 쿈의 등이 흠뻑 젖어 있다. 걷는 자세가 부자연스러운 것이 아무래도 좀 전에 맞은 자리가 많이 아픈 모양이다. 괜찮냐고 묻자 그는 보일 듯 말 듯 고개를 끄덕인다. 자신의 고통에 둔감했던, 아니 둔감하려 애썼던 케니에 대해 생각한다. 역시나 그런 남자는 현실에 존재할 수 없었던 것일까? 트럭이 있는 곳에 도착하면 저들은 쿈과 나를 어떻게 할까? 죽는 것이 두렵기도 하지만 케니가 실재하지 않는 새로운 현실을 결국 납득하지 못한 채로 생을 마감하게 될까 봐 정말 무섭다. 그렇다고 그의 부재를 받아들이는 것이 나은 것인지는 모르겠지만.

굵은 빗방울이 하나둘씩 떨어지기 시작하더니 이내 앞이 안 보일 정도로 쏟아진다. 다섯 명 전원이 자신이 익숙한 언어로 혼잣말을 한다. 욕지거리일 것이다. 진창이 된 흙바닥이 자꾸 내 샌들을 먹는다. 그때마다 비틀거리고 그때마다 라오펑이 내 등을 민다. 다시 몸을 진흙에 처박기는 싫어 이를 악물고 가까스로 균형을 유지한다. 라오펑의 손을 어깻죽지부터 뜯어 버리고 싶다.

더벅머리가 왼손으로 어딘가를 가리킨다. 그 끝에 빨간색 트럭이 있다.

"Now what?"

내가 조용히 켄에게 묻지만 그는 답이 없다. 어느새 내 옆으로 온 라오펑은 먼저 차에 가까이 가라고 켄의 등을 민다. 그는 움직이지 않고 등 뒤로 묶인 손을 향해 고갯짓한다. 라오펑은 잠시 생각해 보더니 작은 주머니칼을 꺼내 결박을 풀고 등을 다시 세게 민다. 더벅머리의 AK 총 끝이 켄의 움직임을 찬찬히 따라간다.

그는 구부정한 허리에 어색한 자세로 차를 향해 비틀거리며 걸어간다. 넓은 등짝을 사정없이 때리는 빗방울이 땀과 구분되지 않는다. 적재함으로 가서 천천히 방수포를 젖힌다. 이제 라오펑은 브라우닝으로 내 머리를 겨냥한다. 조금이라도 수상한 동작을 한다면 그대로 방아쇠를 당길 기색이다. 하지만 켄은 천천히 검은 비닐 봉투를 집어 든다. 무삥이 들었던? 그리고 그 안에서 돈다발을 하나 꺼내 머리 위로 쳐든다.

더벅머리와 라오펑이 마주 본다. 라오펑이 누런 이를 드러내고 소리 없이 웃는다. 그리고 나서 그들은 나와 만주를 앞세우고 주위를 경계하며 천천히 켄 쪽으로 전진해 간다. 라오펑은 켄으로부터 봉지와 돈다발을 받아 들고 더벅머리는 내 결박을 풀고 켄과 함께 무릎 꿇고 손 머리를 시킨 뒤 AK로 켄의 머리를 겨눈다. 총구에서 수도 파이프처럼 물줄기가 흐른다.

돈을 확인한 라오펑이 고개를 끄덕하고는 돈 봉지를 배낭에 집어넣을 때, 트럭 우측 숲에서 확성기를 통해 한 남자의 억양 있는 영어가 들린다.

[꼼짝 마! 움직이면 쏜다. 경찰이다. 너희들은 포위되었다. 무기를 버리고 투항하라.]

만주의 통역 없이 라오펑은 브라우닝을 든 채 급히 배낭을 안고 더벅머리는 소리가 난 방향을 향해 AK를 돌린다.

[반복한다. 경찰이다. 너희들은 포위되었다. 인질들을 풀어 주고 투항해!]

확성기 소리가 반복될 때 더벅머리가 여러 발을 자동으로 발사한다. 그의 총소리가 채 끝나기 전에 소리가 들렸던 반대쪽에서 다른 총소리가 들린다. 단 한 발. 눈앞에서 더벅머리의 머리가 핑크빛 안개로 변하면서 몸은 나무토막처럼 쓰러진다. 라오펑은 반사적으로 배낭을 메고 트럭 밑으로 쪼그려 들어간다. 브라우닝 총구는 켄을 놓치지 않으면서 귀를 막고 쪼그려 앉아 있는 만주에게 뭔가 소리치고 이내 통역이 이어진다.

"여기 세 명이 죽길 바라지 않는다면 숨어 있지 말고 앞으로 나와!"

무반응. 라오펑은 방아쇠를 당기고 켄이 비명과 함께 고통스럽게 몸을 비틀며 쓰러진다. 숨이 멎을 것 같다. 난 그가 괜찮은지 살피려고 몸을 숙이지만 라오펑의 총구는 꼼짝 말라고 내 쪽을 향한다. 눈물과 땀이 얼굴을 때리는 빗물과 함께 입으로 들어간다. 두려움인지 분노인지 슬픔인지 셋 다인지 잘 모르겠다. 시야에 쓰러져 있는 더벅머리의, 아니 머리는 더 이상 없다, 시체와 그 옆에 떨어져 있는 AK가 들어온다.

[쏘지 마! 나가겠다.]

확성기 소리가 들리고 이내 서너 명의 발소리가 들린다.

"여기 트럭 뒤로 천천히 걸어와."

라오펑은 악을 쓰지만 만주는 최대한 차분하게 말한다. 내 옆에서 시작된 발소리는 뒤쪽으로 옮겨지더니 이내 멈춘다. 라오펑은 그 발소리의 주인공들에게 무기를 내려놓고 발로 차라고 한다. 그리고 그 소리가 들림과 동시에 그는 트럭 밑에서 나와 천천히 몸을 일으킨다. 약간 여유를 찾은 듯 이완되어 보이는 그의 하관이 움직이자 만주가 먼저 일어서며 내게 통역한다.

"트럭에 타라고 합니다."

라오펑은 다시 브라우닝으로 내 머리를 겨누고 있다. 나는 순순히 일어난다. 시선은 켄에게로 고정한 채. 켄의 옆얼굴이 살짝 움직이는 듯하다. 경련인가? 근데 자세히 보니 나를 향해 옆 눈을 찡긋하는 것 같기도 하다. 죽지 않았구나. 근데 뭘 하려는 거지?

만주는 허리를 굽혀 켄의 바지 주머니를 뒤진다. 차 열쇠를 찾으려 하는 것 같다. 그때 켄이 뒷머리로 만주의 얼굴을 강타하면서 몸을 일으킨다. 그 바람에 만주는 서 있는 라오펑 쪽으로 넘어진다. 그 충격으로 그는 방아쇠를 당기지만 팔이 흔들린 탓에 총탄은 허공을 향해 발사된다. 난 총소리를 듣지 못한다. 이미 모든 집중력이 AK를 향해 있기에. 몸을 날려 소총을 잡은 뒤 앉아 쏴 자세를 취한다. 침착하게 탄창을 분리해 탄약을 확인한 뒤 셀렉터를 수동에 놓는다.

쓰러진 라오펑 위로 올라탄 켄의 뒷모습이 보인다. 왼손으로 브라우닝이 들린 라오펑의 오른손을 누르고, 오른쪽 팔꿈치로 그의 왼쪽 어깨를 제압하고 있다. 고개를 드는가 했더니 라오펑의 안면에 박치기를 한다. 둔탁한 소리에 이어 쇳소리의 비명이 들린다.

하지만 켄이 두 번째 박치기를 위해 다시 고개를 들었을 때 라오펑은 어느새 켄의 팔꿈치에서 벗어난 왼손으로 그의 머리채를 잡아 고개를 젖힌다. 그리고 켄의 왼팔을 입으로 문다. 이번에는 거친 저음의 FUCK! 그의 그립이 약해지자 라오펑은 브라우닝을 켄의 얼굴 쪽으로 돌리려 한다. 이제 왼손으로는 방금 전 총상을 입은 켄의 오른쪽 어깨를 움켜잡고 있다. 좀 전에 자신이 쏘아서 만든 상처. 켄의 비명에 내 어깨에도 구멍이 뚫리는 듯하다.

옆으로는 버렸던 무기를 집으려는 인터폴 요원들의 모습이 비로소 눈에 들어온다. 앞에는 라오펑의 브라우닝이 켄의 얼굴을 거의 정조준하고 있다. 켄은 안간힘을 쓰지만 예상되는 다음 순간은 그의 머리가 더벅머리의 그것처럼 폭발하는 것. 더 이상 나에겐 선택지가 없다. 그저 방아쇠를 당길밖에.

정신을 차려 보니 네 명의 남자가 내게 총을 겨누고 있다. 표정과 입 모양을 보니 뭔가 다급하게 말하고 있는 것 같다. 하지만 물속에 있는 듯 소리가 들리지 않는다. 켄이 그들 중 두 명의 팔을 부드럽게 잡는다. 그리고 그와 나의 눈이 마주친다. 그가 뭔가 말한다. DROP IT! 또 말한다. GENTLY! 마침내 손 위에 놓인 '빈자의 무기'를 보고 먼저 트리거 가드에서 손가락을 빼낸다. 그리고 무거워 견딜 수가 없다는 듯 땅 위로 내려놓는다.

비틀거리며 다가온 켄이 나를 일으켜 준다. 그의 몸이 온통 피투성이다. 그걸 보니 주체할 수 없이 눈물이 난다. 그가 끄응 하는 소리를 내며 손을 들어 닦아 준다. 사과해야 한다. 거짓말해서 미안하다고. 사실 나는 아들이 아니라 케니라는 이 세상에 존재하지도 않는 애인을 찾고 있었던 거라고. 당신을 위험에 빠트려서 미안해요. 난 너무 멍청해요. 하지만 말 대신 "어어……"라는 울음소리가 앞질러 나온다. 그는 나를 보고 애써 미소 짓는다.

8. 켄

'두리안 콤플렉스' 내지 '켄우드 브로튼' 사건 사후 보고서 (After action report) 작성을 위해 책상 앞에 앉아 있다. 모니터에는 두 벌의 보고서가 띄워져 있다. 하나는 태국 경찰, 다른 하나는 한국 경찰에게서 공유받은 것이다.

현장에서 실려 나와 응급실로 후송되었을 때 의사는 오른쪽 어깨 이하를 절단해야 할지도 모른다고 했다. 12주 입원하는 동안 다섯 번에 걸친 크고 작은 수술 끝에 팔 보호대 착용이라는 해피엔딩으로 끝나긴 했지만 병휴에서 복귀하자마자 휴일에 사무실에 나와 하고 있는 일은 빌어먹을 문서 작업이다. 인터폴 사이버 범죄 담당 부문 내 동남아 TF를 맡은 지 5년. 최고의 성과를 거둔 작전이었기에 딱히 불평을 할 수는 없지만. 벤자롱(Benjarong) 잔에 담아 홀짝거리는 '메콩' 위스키도 나쁘지 않다.

라오펑의 조직은 미얀마, 캄보디아, 라오스, 태국 등 동남아 국경 지대를 중심으로 초국가적 네트워크를 가지고 있었다. 로맨스 스캠은 물론 보이스 피싱, 투자 사기, 취업 사기와 같은 각종 온라인 범죄와 납치, 감금, 마약, 불법 도박 등 오프라인 범죄의 균형 잡힌(?) 사업 포트폴리오를 갖추고서.

코로나로 인한 관광 수익의 급감으로 유령 도시가 되어 버린 관광지들. 정부의 행정력이 미치지 않는 지역부터 빠르게 범죄 도시로 만들어 갔고, 대륙에서 흘러나온 자본과 전문 인력(?)들까지 가세하여 그 추세를 가속화했다. 4개국 국경에 위치한 사기 단지(Scam compound) 50여 개는 30만에 가까운 인원을 수용하면서 나름의 생태계를 이루고 있었다. 범죄자, 범죄 피해자, 범죄 조직과 결탁한 공무원, 그리고 이들 모두에게 먹고 놀거리를 제공하는 사람들. 두리안에 토벌대로 들어왔던 카렌 국경 수비대에도 라오펑의 끄나풀이 몇이나 있었을 것이다.

온라인 범죄의 경우 다크넷을 통해 대량의 개인 정보를 불법으로 입수하여 빅데이터 분석까지 동원해 타깃을 고르고, 만주 같은 '도살자'들의 재능뿐 아니라 AI 기술까지 활용해 이들을 심리적으로 기만했다. 특히, 켄우드 '케니' 브로튼은 최근 3년간 가장 큰 인적·금전적 피해를 만들어 냈던 캐릭터였다. 실존 인물의 인생에 기반한 '레전드(Legend, 날조된 인생 이야기)'도 상당히 짜임새 있었지만, 무엇보다 그걸 활용해 만들어 내는 상황의 개연성은 더 큰 금액을 더 쉽게 갈취하는 효과를 가져왔다.

만주는 자신이 지어낸 이야기로 사람들을 속이는 것에 죄책감을 느끼기도 했지만 그만큼 성취감이 있었다고 했다. 마치 자신이 지어낸 소설이 인기 순위에 오르기라도 한 것처럼. 지난해 자신과 비슷한 연령의 몸캠 사기 피해자가 스스로 목숨을 끊었을 때 나름 충격을 받아 한동안 쉬기도 했는데, 조직의 압박도 압박이었지만, 무엇보다 속이기 위해 이야기를 지어내는 일을 도저히 끊을 수 없었다고 했다. 일종의 뒤틀린 예술혼이었을까?

팀원인 숀(Sean)이 라오펑 조직의 취업 사기 광고에 속은 척하여 스캐머로서 두리안 콤플렉스에 들어갔을 때 케니의 실체가 만주임을 거의 밝혀낼 뻔했었다. 하지만 그 증거를 확보하려고 조직원 중 하나를 정보원으로 포섭하던 중 발각되었고, 곧 실종되었다. 구출팀을 보냈지만 실종 지점은 깊은 정글 한가운데로 아무 단서도 찾을 수 없었다. 그때부터 라오펑의 조직을 일망타진하고 케니를 잡는 것은 단순한 일이 아니라 개인적 사명이 되었다. 아니, 어쩌면 그보다 훨씬 전부터였을지도 모른다.

그런 면에서 인터폴 한국인 협력관을 통해 입수한, 케니의 피해자로 추정되는 여성이 방콕으로 오고 있다는 정보는 천재일우의 기회를 열어 주는 것이었다. 더욱이 그녀가 내 정보원들을 통해 미리 쳐 놓은 그물 중 차나팁에게 직접 연락해 왔을 때는 온몸의 털이 일어서는 듯한 전율까지 느껴졌다.

한편, 때마침 태국-미얀마 정부 간에 국경에 위치한 범죄 단지 소탕에 대한 교섭이 드디어 성과를 내려 하고 있었다. 관광 산업으로 먹고사는 태국에서 중국인 여행객이 납치되는 등 불미스러운 사건이 연속되는 건 치명적이었기 때문이다. 미얀마의 반응이 미온적이라 태국은 단전(斷電)해 버리겠다고까지 압박했다. 치앙라이와 면한 미얀마의 3개 주만 해도 태국으로부터 전기를 사서 쓰는 처지였기에 이는 무시할 수 없는 협박이었을 것이다.

전체 사기 단지의 규모는 물론 두리안 하나만 해도 어마어마한 크기였기에 토벌대의 자원이 제한적인 점을 감안할 때 누군가 핵심 지점을 먼저 알려 줘야만 했다. 동만보다는 그녀의 돈이 그 지점으로 나를 데려다줄 거라 예상했다.

그녀가 '조니'에게 받았다는 약속 지점의 좌표를 보고 놀라지 않을 수 없었는데, 숀과 마지막으로 통신을 주고받았던 곳에서 멀지 않았기 때문이다. 나는 동선 및 소요 시간을 고려해 미얀마군과 토벌 작전을 수립했고, 만일을 대비해 태국 경찰 특공대 아린타랏(Arintharat) 26 소속 경관 다섯 명의 차출을 요청하여 만약의 상황에 대비했다. 즉, 나와 동만을 보호하고 현장에서 벌어지는 상황에 즉각적으로 대응할 수 있도록 했던 것이다.

코끼리 펜던트 속에 장착된 초강력 발신 장치 덕에 우리의 위치는 미얀마군과 태국 경찰 모두에게 실시간으로 트래킹(Tracking)되었다. 폭풍우를 뚫고 1,000km를 운전해 가는 것도, 중간에 예측 불가능한 지방 도로를 통과해야 하는 것도 위험했지만, 무엇보다 동만이 아린타랏의 미행을 눈치챘을 때 작전은 위기에 처했었다.

약속 지점에 도착했을 때 발견했던 그 불탄 시체. 남은 건 그을린 해골뿐이었지만 보는 순간 난 누구의 것인지 직감적으로 알아챘다. 최악의 시나리오가 현실이 되어 버린 한편, 숀의 가족들은 마침내 그의 시신을 묻어 줄 수 있게 된 것이다.

일단 두리안에 진입하면 미얀마군은 즉시 기습하기로 했지만 아린타랏 유닛의 경우 정해진 작전 계획이 없었다. 25만 불을 트럭에 숨겨 두고 그쪽으로 악당들을 유인하는 것은 사실상 즉흥적으로 생각해 낸 것이었는데, 다행히 예상이 크게 빗나가지 않았다. 이미 가까이 와 있던 아린타랏 유닛이 미리 일러둔 대로 트럭 근처를 지키고 있다가 우리 일행을 발견했기에 큰 화를 면할 수 있었던 것이다.

예상대로 라오펑은 기본적인 심문이 끝나자 바로 중국으로 송환되었다. 이미 인터폴 적색 수배자였고, 아마 돌아가면 사형을 선고받거나 다시는 바깥세상을 구경할 수 없을 것이다. 좀 의외였던 건 형만주였는데, 대한민국에서 범죄를 저지른 적이 없고 엄밀히 말하면 태국이 아닌 미얀마 영토에서 사기 범죄에 가담했던 터라 먼저 인도 요청을 한 나라로 갔는데, 그게 미얀마였고 또 두리안 콤플렉스 내 보호 감호 시설이었다.

동만의 활약은 전혀 예상치 못한 것이었다. 만주를 이용해 라오펑을 쓰러뜨리고 그를 제압하려 하기 전에 그녀에게 눈짓했던 건 액션이 일어나면 최대한 멀리 피해 있으라는 뜻이었는데, 소총을 집어 들다니……. 더구나 그렇게 능숙하게 총을 다룰 줄은 몰랐다.

라오펑에게 당한 어깨의 총상이 너무 커서 동만보다 먼저 현장을 떠나야 했다. 치료 때문에 그녀를 조사하는 과정에도 직접 참여할 수 없었고. 가엾게도 자신이 그리도 사랑했던 케니의 실체를 알고부터는 계속 멍한 상태였는데, 그 상태에서 벗어났는지 문득 궁금해진다. 그녀는 지금 뭘 하고 있을까? 잘 지내고 있을까? 목숨 걸고 사랑했던 사람이 이 세상에 존재하지 않는다는 사실을 알았을 때 어떤 기분이었을까? 받아들일 수 있었을까?

사무실은 텅 비어 있지만 그래도 주변을 한번 둘러본다. 메콩을 벤자롱에 한 잔 더 따른다. 단숨에 들이켜 입안에 머금는다. 달콤함과 향긋함. 코코넛과 레몬그라스?

엄밀히 말하면 케니가 존재했던 적은 있다. 생각하기에 따라서는 지금 버젓이 살아 있다고 볼 수도. 모든 걸 이야기해 준다면 동만은 어떻게 반응할 것인가? 확인할 방법은 오직 하나.

나는 골든브라운의 액체를 한 번에 식도로 넘긴다.

9. 동만

　두리안에서 벗어나 어딘가 안착할 때까지 생각보다 거쳐야 할 현실적 절차들이 꽤 많았다. 태국 경찰의 피해자 조사, 여권 재발급, 한국 경찰의 피해자 조사. 특히 S병원과는 퇴사 전 세 가지 이슈를 해결해야 했다. 나의 실종, 미영의 실종, 내 PC를 이용한 사이버 범죄 의혹. 첫 번째, 두 번째까지는 자연스럽게 해결되었지만, 세 번째에 대해서는 이슈 자체를 알지 못했다.

　하지만 곧 두 번째와 세 번째가 관련되어 있음을 알게 되었다. 미영이 로맨스 스캠을 위한 '돼지'의 포섭 과정에서 내 PC를 통해 두리안 어딘가에 있는 누군가와 연락을 취했을 것이라는. 다만, 뭔가 확증이 있었던 건 아니었기에 병원 보안실과 경찰의 수사에 적극 협조할 것임을 약속할 수밖에 없었다.

　P시를 떠날 때 이미 돌아가지 않기로 결심했었기에 태국에서 귀국하자마자 난 서울에 자리를 잡았다. 또 먹고는 살아야 해서, 할 줄 아는 게 도둑질이라고 조그마한 상담소를 차렸는데 무슨 운인지 S병원에 있을 때보다 훨씬 바빴다. 우울, 불안, 강박,

PTSD, 수면 장애……. 나 같은 로맨스 스캠 피해자들도 있었다. 그것도 그 수가 놀라웠다. 세상에 나 같은 사람들이 그렇게 많았다니. 경찰 통계에 따르면 연 환산해서 1,200여 명이 넘는 수준이라는데. 20대부터 80대까지 연령과 배경의 다양성은 더욱 경악할 만했다.

나 자신도 아직 케니의 환영에 시달리고 있었다. 매니의 목소리와 문자는 수시로 나를 찾아왔고. 하지만 그래서 더더욱 같은 처지의 내담자들과 공감하는 게 어렵지 않았다. 트라우마가 살아나기도 했지만, 치유를 도우면서 치유되고 있었다고 할까? 내 심리적 방어 기제 덕이었는지 모르겠지만 두리안에서의 무서운 기억들이 빠른 속도로 희미해짐에 반해 방콕에서 두리안까지의 여정은 시간이 지날수록 생생해지는 느낌이었다.

한번은 점심시간에 혼자 쌀국수를 먹으러 갔는데 옆 테이블에서 주문한 메뉴가 무척 익숙한 냄새를 풍겼다. 설탕, 피시 소스와 지방이 타는 냄새. 무삥이다! 나도 모르게 소리를 내 버렸고, 주변 사람들의 시선이 일순 집중되었다. 친절한 직원이 "무삥은 태국 거고 베트남에서는 '넴루이'라고 불러요."라 조용히 말해 주었다.

하지만 내 의식은 이미 먹으라며 고개를 까딱해 주던 켄의 옆

모습을 보고 있었다. 많이 다쳤었는데 지금은 괜찮을까? 결국 그에게 내가 누구 때문에 두리안까지 가게 되었는지, 케니가 누구인지 직접 설명해 주지 못했다. 아들 때문이라는 거짓말에 대한 사과는 물론이고. 만약 휴가 때 태국에 가게 된다면 그를 다시 볼 수 있을까?

그렇게 서울에서의 생활이 자리를 잡아 갈 무렵 그가 찾아왔다.

*

그날도 내담자들과의 길어진 상담 때문에 퇴근 시간을 훌쩍 넘겨 사무실 문을 닫고 있었다.

"언니!"

혹시 매니? 근데 목소리가 너무 생생했다. 뒤를 돌아봤는데 처음엔 누구인지 못 알아봤다. 내가 아는 미영은 방금 나를 부른 여자보다 20kg은 날씬했으니까. 수수한 티셔츠에 부한 청바지, 화장기 없는 얼굴에 대충 뒤로 묶은 머리는 더욱 낯설었다. 항상 소매든 바짓단이든 폭과 길이가 딱 떨어지는 옷만 입던 그녀였는데.

"이게…… 누구야."

대꾸하는 내 표정에 긴장감과 경계심이 역력했는지 그녀는 무안하게 웃었다.

"못 믿겠지만, 언니 한번 보고 싶어서 몇 번을 망설이다 이렇게 왔네요. 바쁘시겠어요. 아니, 좋으시겠어요. 내담자들이 이렇게나 많아서."

난 시선은 그녀에게 고정한 채 다시 도어 록을 풀고 함께 사무실로 들어가자고 했다. 불을 켜고 그녀에게 내담자용 소파 중 하나를 권했다.

"뭐 마실래?"

정수기 앞에 어정쩡하게 서 있는 나를 보고 미영은 고개를 저으며 그냥 따뜻한 물이나 한 잔 달라고 했다. 머그 컵 두 개를 꺼내 둘 다 온수를 받은 뒤, 내가 마실 잔에는 어떤 티백인지도 모른 채 집히는 대로 아무 차나 뜯어서 넣었다. 나와 머그들이 자리를 잡자 미영의 이야기가 시작되었다. 묻지도 않은 질문에 대한 대답이었다.

"라오펑, 그 새끼한테 총 맞을 뻔했어. 후훗, 내가 그…… 돈뭉치 하나를 들고 뛰었거든요. 5만 불. 크다면 큰돈이겠지만."

"미영아, 왜 그랬어?"

내가 묻고 싶은 건 이거 하나였다. 그녀는 아직 대답할 준비가 안 되었는지, 아니면 질문을 잘못 이해했는지 하던 이야기를 계속했다.

"건물 밖으로 나가려 했는데 두 층 내려간 다음에 미얀마 군인들한테 잡혔어요. 혹시 몰라 돈은 두 덩어리로 나눠 브래지어와 팬티 속에 쑤셔 넣었는데 들킬까 봐 겁이 좀 나더군요. 나는 피해자고 대한민국 사람이라고 영어로 말했는데 못 알아듣는 것 같았어요. 아니, 모르는 척했던 것 같아. 일단 두리안 콤플렉스에서 발견한 모든 사람들을 한군데로 데려간 다음 누군가가 분류 작업을 했어요. 난 당연히 피해자로 분류되긴 했는데……."

네가 피해자라고? 그때까지 미영에 대한 큰 원망은 없었는데 그 말을 듣자 화가 치밀었다. 내가 다시 범죄자로 분류해 주고 싶었다.

"그냥 넓은 공터에 두 개의 큰 군용 천막을 쳐 놓고 하나는 범죄자들을 가두는 감옥, 또 하나는 피해자들을 수용하는 숙소로 썼어요. 사실 외관상으로는 똑같은 생활. 같은 음식을 먹고 같은 시간에 취침했어요. 하루에 두 번 멀건 죽을 먹고 하루 종일 멍하니 등받이 없는 플라스틱 의자 위에 앉아 있다가 밤엔 그냥 땅바닥이나 다름없는 얇은 담요 위에서 잠을 청했죠. 덥고 물은 없고, 나중엔 모두에게서 같은 냄새가 나더군요. 자국 대사관에서 데려가는 사람들이 있긴 했는데 무척 드물었어요. 알고 보니 군인들한테 돈을 줘야 했던 거였어요."

그래서 분해? 억울하니? 설마 내 앞에서 그 소리는 못 하겠지? 참을성이 바닥을 보이기 시작한다.

"천 불을 줬어요, 계급장 단 사람한테. 근데 그 돈을 먹고 소식이 없는 거예요. 결국 5천 불을 더 썼어요. 근데 대사관이 아니라 태국 경찰이 왔더군요. S병원에서 실종 신고를 했다고 하더라구요."

그녀는 기가 막히다는 듯이 웃는다.

"그래서 왜 그랬냐고? 미영아, 응? 왜? 내가 너한테 뭘 그렇게 잘못했니?"

내 목소리가 살짝 떨리는 게 느껴진다. 그녀는 조용히 물을 한 모금 마시고 나서 말한다.

"참 불공평해. 왜 난 하나도 쉽게 되는 게 없을까. 다른 사람들은 같은 실수를 몇 번씩 반복해도 멀쩡히 툭 털어 버리고 다시 시작하던데……. 나는요, 언니가 참 부러웠어요. 근데 살면서, 뭐 이혼은 했지만, 이렇다 할 어려움 한번 겪어 본 적도 없는 사람이 그냥 책에서 본 얘기 가지고 내담자들한테 상담은 또 참 잘하더라구. 다른 건 다 넘어가 주겠는데, 욕망에 대한 이야기들은 정말이지 절대 공감할 수 없었어요.”

“무슨 이야기를 말하는 거지?”

“왜, 언니 고정 대사 있잖아요. ‘선생님, 인생의 주인은 선생님의 욕망이 아니라 선생님입니다. 절대 삶의 운전대를 넘겨주지 마세요.’ 그 틀려먹은 소리를 귀에 못이 박히게 참 여러 번 하시더라고…….”

그런 이야기를 하기는 했지. 하지만 그게 네가 나를 속여서 그 범죄자들의 손아귀로 몰아넣는 이유가 된다고?

“있잖아요, 언니. 어떤 사람은 삶의 운전대를 욕망이 쥐고 있어요. 아니, 누구라도 인생의 한 시점에는 그래요. 근데 아닌 것 같이 행동하길래 정말 그런지 한번 보고 싶었어요. 욕망에 내 삶의 운전대를 맡겨 보니까 어떻던가요?”

아직 뜨거운 차를 그녀에게 끼얹는 대신 크게 한 모금 마신다. 내가 가장 싫어하는 루이보스. 대꾸를 해야 하는데 특유의 산미 때문에 갑자기 침이 나오고 그게 역류하여 사레가 들린다. 빌어먹을. 미영은 컥컥거리며 기침하는 나를 재미있다는 듯 쳐다보더니 뱉어 내듯 말한다.

“환율이 올라서 남은 돈이 한 5천 되더라구요. 속옷 속에 숨기자니 공항 엑스레이 검색대에서 뽀록날 것 같고. 편 여사한테 전화를 했죠. 환치기 신세 좀 지자고. 그랬더니 그 할망구가 수수료를 20%나 요구하더라고. 언니한테도 그만큼 떼었어요?”

아직 난 그녀가 나를 ‘돼지’로 ‘도살자’들에게 넘기고 싶어 했던 이유가 납득이 가지 않는다. 설령 내 말이 고까웠더라도 같이 보낸 시간이 얼마고 자기가 나한테 배운 게 얼마인데. 내가 몇번째였을까? 두리안을 벗어나 한국으로 돌아오는 내내 내가 집착했던 질문 중 하나였다.

좌승훈에 대해 생각했다. 사고사로 처리되었기에 변변히 경찰의 조사조차 받지 못했었다. 그가 내담할 때 상담 세션 전후로 미영과 같이 폰 화면을 들여다보며 소곤거리기도 키득거리기도 하는 모습을 봤었는데, 혹시 그때 그녀가 내게 그랬던 것처럼 데이팅 앱 이야기를 하고 있었던 것 아닐까? 내 눈빛의 변화를 감지했는지 미영이 서둘러 덧붙인다.

“그 5천을 밑천으로 해서 ‘삶의 운전대’를 되찾아 좀 ‘노멀’하게 살아 볼까 했는데……. 코인이란 게 버는 것도 잠깐, 잃는 것도 잠깐이더라구요. 이 뱃살 좀 봐. 하루 종일 폰만 들여다봤는데 그러면서 스트레스 때문에 입이 쉬지 않았나 봐요. 언니, 돈 좀 있어요? 혹시 알아, 내가 백배로 불려 드릴지?”

적어도 내가 웃는 표정을 짓고 있지 않다는 건 확실한데 그녀는 누렇게 변색된 이를 드러내며 웃는다. 그리고 이어서 말한다.

"에이, 알았어요. 그냥 없다 그러면 되지 뭘 그런 표정까지 지으세요? 어차피 농담이에요. 그리고 그까짓 5천 뭐……."

"왜? 다시 돼지 사냥이라도 시작하려고?"

내 말에 미영의 표정이 싸늘하게 바뀐다. 혹시 몰라 난 머그잔의 주둥아리를 감싸 쥔다. 손등에 힘줄 하나가 파랗게 올라온다.

"태국으로 날 따라왔던 이유가 뭐지? 돈을 노렸던 것 아니니?"

"노리다니요? 언니에게 진상을 알려 주고, 혹시 괜찮다면 그 돈 조금 나눠 쓰려고 했던 것뿐이에요."

그녀는 잠시 내 손등을 보고 있더니 이내 정색하며 말한다.

"언니랑은 잘 끝내고 싶어서 왔어요. 인정하시잖아요? 세렌디피티에 가입한 건 몰라도 두리안 콤플렉스에 간 건 저 때문이 아니었다는 거. 그리고 그때까지 나름 행복했잖아요. 그 몇 달 동안 표정, 목소리까지 완전 달랐었는데……. 그 누구더라? 케니랑 뜨겁게 사랑도 해 봤고, 태국 구경도 했고, 돈도 다시 다 찾았잖아요. 아, 그 5만 불? 초상권 사용료예요. 언니가 내 사진 맘대로 쓰는 바람에 나름 개고생도 했고요. 언니 입장에선 그럭저럭 손해 본 거 없이 제자리로 돌아왔네요."

"그게 그렇게 쉽게 정리될 수 있는 거구나. 나 죽을 뻔한 거 알잖아.”

그녀는 갑자기 생각난 듯이 백에서 뭔가를 꺼내 내게 내민다. 책? 이게 뭐냐는 내 표정에 조금 놀란 모양이다.

“이거 언니 책이잖아요. 휴이 바우먼의 디 에세이. 이거 안 읽었어요?”

보일 듯 말 듯 고개를 저으며 그녀를 흘겨본다. 먹먹하고도 황망하다는 그녀의 표정. 책을 테이블에 내려놓고 미영은 일어나서 문 쪽으로 간다. 나는 좀 더 할 말이 있는데. 하지만 문을 열고 나가려다 뭔가 생각난 듯 멈춘다. 나를 돌아본다. 묘하게 입꼬리가 올라가 있다.

“근데 언니, 만주 어떻게 됐는지 알아요? 한국으로 송환되거나 태국 감옥에 있는 줄 알았는데 두리안에 있는 임시 ‘감옥’으로 돌아왔어요. 태국 경찰이 라오펑은 바로 중국으로 송환했는데 걔는 일단 미얀마군에 다시 넘긴 것 같더라구요. 근데 들어오고 며칠 지나서 다시 사라져 버렸어요. 그 계급장 단 사람이 다른 범죄자들 몇 명과 탈출했다고 했는데 아마 자기가 돈 받고 내보내 줬을 거예요.”

그렇게 마지막 말을 남기고 문밖의 어둠 속으로 그녀는 사라졌다.

케니? 매니? 이제 아무리 불러 봐도 좀처럼 대답이 없다. 그날 미영이 데리고 가 버렸나? 근데 그녀가 놓고 간 것도 있는 것 같다.

서울에서의 새로운 삶이 충만하다고 생각했다. 스틸씨의 통증은 전에 비해 훨씬 주기가 길어졌고, 바쁜 일정 속에 활력 비슷한 것도 느껴졌다. 그런데 과연 그래서 내 욕망은 충족되고 있는 걸까? 내 욕망은 어떻게 생긴 걸까? 따지고 보면 미영의 말이 틀리기보다는 맞았다고 생각한다. 어떤 결핍이 생기기 전까지 난 내 욕망에 대해 몰랐고 궁금해하지도 않았던 것 같다. 그리고 그 결핍의 발생은 싱크 홀같이 우연스러운 일이다. 뭔가 원인이 있겠지만 손에 잡히지 않고 무엇보다 예방이 불가능하다. 욕망은 꼭 충족되어야 하는 존재인가? 미영이 왔다 간 후로 내 삶에 실금이 가 있는 것이 보인다. 망할 년. 망할 휴이 바우먼.

아침 9시부터 저녁 7시까지 점심도 거르고 심리 검사에 상담에 바쁜 나날들이지만 그게 반복이 되기 시작하면서 무료함을 느낀다. 그리고 퇴근 후 집에 가면 대비되는 공허함에 어찌할 바를 모른다. 운동? 모임? 뭔가 해 볼까 하는 마음은 휘발하고 해 봐야 소용없다는 마음으로 고착된다. 넷플릭스 영화 한 편을 다 못 보고 몇 시간 동안 쇼츠나 넘겨 보다가 잠이 드는 날이 계속된다. 내일이 오늘보다 나아질까? 만약 아니라면 난 왜 아침에 눈을 뜨는 건가? 그때, 두리안에서 정말 케니를 만났다면 지금 내 삶이 180도 달라졌을 것인가?

오전에는 정신없이 바쁘다가 오후 들어 상담을 펑크 낸 내담자가 있어 모처럼 편한 자세로 폰을 본다. 우선 인스타에서 맛집 피드 다섯 개를 찾아 저장한다. 다음으로 '유통혁명' 혹은 '유통파괴'라는 별명의 한 외국 사이트에서 반팔 라운드넥 세 개를 주문한다. 이번에도 한 개는 버려야 하려나? 다음으로 할 게 마땅치 않아 그냥 눈을 감아 본다. 잠은 오지 않는다. 그러다가 갑자기 깨닫는다. 안 지웠어, 세렌디피티.

폰을 다시 활성화하고 화면을 아무 곳이나 꾹 누른다. 마치 작은 벌레를 터뜨려 죽이려 하듯이. 모든 앱이 부르르 떨며 '-'가 표시된다. 마지막으로 한 번만 열어 볼까? 멀쩡하게 클레이 스펜서의 사진을 내걸고 케니가 거기 있을 것 같은 생각이 든다. 물론 그 뒤에 형만주 같은 사기꾼이 있다는 걸 누구보다 잘 알지만 어쩌면 좀 설렐 것도 같다.

아냐! 미쳤나 봐. 난 다시 꾹 누른다. '세렌디피티를 제거하겠습니까?' 화면에 나온 '제거 / 취소' 중 결연하게 '제거'를 누르려는데 갑자기 전화가 온다. 놀라서 폰을 떨어뜨린다. 줍느라고 버벅대는 동안 전화가 끊어진다. 모르는 번호. 자릿수도 이상하다. 스팸인가? 아니면 혹시 보이스 피싱? 하지만 다시 전화가 온다. 난 당연히 통화를 거부한다. 아예 번호 자체를 수신 거부하려는데 또 온다. 일단 받고 욕이라도 한바탕 하려는데 익숙한 목소리가 들린다.

[Hello? Is this Dong-mann?]

"Speaking. You are……."

익숙한 목소리. 켄이다! 마지막으로 본 지 반년은 지났을 텐데 무슨 일일까. 불가사의한 것은 어두운 내 마음 한구석에 밝은 불이 들어오는 것 같은 느낌이다.

"몸은 좀 어때요? 궁금했어요, 치료는 잘 받았는지."

[괜찮소. 가끔 뇌가 움직이라고 명령을 내려도 어깨가 거기에 따르지 않아 비틀거리긴 해도 견딜 만하오. 당신은 잘 지냈소? 궁금했다오.]

"상담소를 냈어요. 이사도 했구요. 가이드 일은 한동안 못 했겠어요. 방콕은 어떤가요?"

[항상 똑같지. 덥고, 비 오고, 가끔 진흙탕에 빠지기도 하

고…….]

그도 나도 소리 내서 웃는다. 어색함을 달래는 데 최고다. 목소리에 웃음기를 좀 털어 내고 그와 동시에 뭔가를 말하려다 멈춘다. [You first.]라 그가 말하고 "No, you first. Please."라 내가 말한다. 그가 묻지 않았지만 필연적인 질문에 먼저 대답한다.

[내가 너무 오랜만에 연락해서 미안하오. 한동안 많이 혼란스러웠을 텐데……. 억지로 바빴다는 핑계를 대진 않겠소. 아예 연락을 하지 않으려고 노력했는데 실패했다는 게 가장 정직한 해명이겠소.]

나한테 할 말이 있는 건가? 나야말로 해야 할 이야기가 있는 것 같은데. 가슴이 살짝 두근거린다. 폰을 쥔 손에 땀이 배어 나오기 시작한다.

"잘 듣고 있으니 말해 봐요."

[그러니까, 지금 억수같이 비가 오는데 그때 기억이 나서. 당신이 내 트럭에서 진흙탕으로……. 그때는 말 못 했지만 무척 귀여웠소.]

"오, 지금 서울도 비가 많이 와요. 일부 저지대는 침수된다는 예보까지 있었어요. 근데…… 뭐? 귀여웠다구요? 참나……."

주책바가지. 귀엽다는 말이 가당하기나 하단 말인가? 하지만 새어 나오는 웃음소리를 입으로 다시 집어넣는다. 하늘이 환해 졌다 어두워지며 천둥이 친다. 그 소리가 폰 저쪽에서 0.5초의 간격을 두고 공명된다.

[귀의 상처는 아물었소?]

그걸 기억해? 상대적으로 너무 작은 흠집이라 이야기하기 부 끄럽다.

"한동안 붕대를 감고 다녔더니 사람들이 모 정치인의 지지자 이기라도 한 거냐고 놀렸어요."

[하하, 내 눈으로 직접 보고 싶네. 잠깐 들러도 되겠소?]

"네? 어디를요? 혹시 지금 서울에 있는 거예요?"

초인종이 울린다. 놀라서 자리에서 20cm쯤 점프한다. 설마! 초인종은 거듭해서 두세 번 더 울린다. 나는 설레는 가슴을 누르 고 문 쪽으로 다가간다.

열린 문 앞엔 한 남자가 서 있다. 흰 와이셔츠, 노 타이, 네이 비 색 슈트 차림. 반년 사이에 몸무게가 20kg은 빠진 것 같다. 가슴엔 앰버와 바이올렛이 섞인 꽃다발 - 보호대도 하지 않은 멀쩡한 팔로 잡고 있다. 난 고개를 살짝 든다. 실버가 섞인 짧은 더티 블론드 머리에 깔끔하게 면도한 얼굴. 이렇게 잘생겼었나? 잠시 알아보지 못한다. 내 눈을 믿을 수가 없다.

"들어가도…… 되겠소?"

"어머, 내 정신 좀 봐. 어서 들어와 앉아요."

수줍게 꽃다발을 내민다. 마리골드와 알스트로메리아. 받아 들고 어쩔 줄을 모른다. 우산을 버킷에 꽂고, 얼마 전 미영이 앉았던 자리에 앉은 그는 어색하게 웃으며 내 얼굴을 바라본다. 내 왼쪽 귀를 살펴보는 것 같기도 하다. 난 일단 영수증 따위를 모아 두는 모조 달항아리에 그대로 물을 붓고 꽃을 꽂는다. Coffee or tea? 뭐든 당신이 주는 대로.

"내가 불편한 시간에 찾아온 건 아닌지 모르겠소."

"그럴 리가요. 딱 좋을 때 와 줬어요."

"내가 이렇게 찾아온 건……."

난 그에게서 눈을 떼지 않고 차를 만든다. 이번에도 아무 티백이나 포장을 찢고 담가 버린다. 담그는 움직임만은 우아하게 천천히. 머그 컵을 받으며 'Thank you' 입 모양을 보여 준 뒤 그는 계속해서 말한다.

"내가 이렇게 찾아온 건 내 이름을 말해 주기 위해서요."

무슨 '나는 솔로' 최종 선택인가? 이제 겨우 몸을 회복한 사람이 그저 이름 몇 자를 알려 주러 여섯 시간 가까이 비행기를 타고 왔다고? 하지만 난 그의 말을 막지 않는다. 왠지 그래서는 안 될 것 같다.

"사실 내가 켄우드 브로튼이오."

말문이 막힌다. 내가 지금 들은 게 맞는 건가? 혹시 브로튼이 아닌 브롬튼이나 브라우든 아닌가?

"아직 몸도 온전치 않은데, 내게 장난치려고 그 먼 거리를 오신 건가요? 이제 겨우 그 이름을 잊었는데…… 너무 잔인해요!"

생각만 하려던 게 입 밖으로 나와 버린다. 것도 상당히 격앙된 어조로.

"당연히 믿어지지 않겠지."라 말하며 그는 자신의 신분증과 함께 사진 한 장을 꺼내 탁자 위에 올려놓는다. 난 그걸 보고 벌린 입을 다물지 못한다. 얼마 전까지만 해도 나의 반려였던 이미지. 50밀리 M2HB 브라우닝 중기관총이 마운트(Mount)된 HMMWV(High Mobility Multipurpose Wheeled Vehicle) 험비 앞에 포즈를 잡고 있는 다섯 명의 남자. 클레이 스펜서 옆에 서 있는 또 하나의 백인. 배우같이 잘생기진 않았어도 클레이만큼 훤칠하지는 않아도 준수한 외모. 더티 블론드. 무엇보다 낮은 해상도에서도 뚜렷하게 느낄 수 있는 따뜻함. 눈빛과 미소. 이런…….

"형만주의 진술에 따르면 당신이 케니로 알고 있었던 내 옆의

멋쟁이는 20년 전 전사한 내 전우 조니 캐시디(Johny Cassidy)요. IED에 당했지. 물론 내가 나 자신을 케니라고 부른 적은 단 한 번도 없소. 사실 그 애칭은 극혐이오. 바보 같아. 무슨 강아지 이름처럼 들리지 않소? 비록 좀 삭았지만 그때나 지금이나 나는 켄이오.”

그의 말이 내 머릿속에서 제대로 해석되는지 알 수 없다. 지금 나의 의식은 온통 두 남자의 이미지로 가득 차 있기에. 이제야 깨닫는다. 같은 더티 블론드. 세월로 이격되어 있긴 하지만 분명 동일 인물이다. 더구나 인터폴이라고?

“2011년 이라크에서 미군이 빠져나올 때 아예 제대했소. 덜 위험한 일을 맡아 가족들과 같이 살기 위해서 그 훨씬 전부터 계획했던 일이었는데, 실제 집으로 돌아왔을 때는 이미 혼자였지. 내가 자살이라도 할까 봐 걱정하던 전우가 한 위험 관리(Risk Management) 컨설팅 회사에 입사를 권유했소. 말이 컨설팅이지 하는 일은 PMC나 별반 다를 바 없더라고……. 돈 때문에 사람 죽이는 일은 영 체질이 아니었고, 일단 그 회사의 동남아 지역 본부로 자원해 옮긴 뒤 인터폴에 지원하게 되었던 거요. 올해로 만 10년이 넘었소.”

겨우 입을 열지만 무슨 말을 해야 할지 몰라 머뭇거리다가 그냥 머릿속 생각을 내뱉는다.

"정말이지…… 당신, 왜 당신이란 걸 몰라봤을까요? 같이 꼬박 48시간 이상이나 있었는데……."

켄은 어처구니없는 소리라는 듯 웃으며 손으로 가볍게 허공을 긁는다.

"가끔 나도 나 자신을 못 알아보는데 뭐. 오래 아프기도 했고 담배도 끊었고 관리도 좀 해서 그렇지 6개월 전의 내 모습은 20년 전 그 험비 앞의 군인이라는 걸 상상할 수 없는 상태였소."

그는 차 한 모금을 마신다. 예상 못 한 맛이었는지 흠칫 놀라 컵 안을 들여다본다. 설마 루이보스? 그는 목을 가다듬고 이야기를 계속한다.

"그 빼빼 마른 친구, 형만주. 한국인이라는 것 알지 않았소? 두리안에 끌려가지 않았다면 베스트셀러 작가가 되었을지도 모르오. 아주 훌륭한 로맨스 소설가. 당신처럼 똑똑한, 인간의 심리를 잘 아는 사람까지 속였던 걸 보면 예사로운 재능은 아니지. 무고한 사람들에게 엄청난 피해를 줬고 인명 피해까지 발생했기에 3년이나 추적했지만, 개인적으로는 나를 사칭했기에 꼭 잡아야만 했소."

이번에는 그와 동시에 차를 한 모금 마신다. 입안에 꽃향기가 가득하다. 마리골드와 알스트로메리아? 티백을 꺼내 무슨 차인지 확인하려니 머리가 뒤로 가고 미간이 찡그려진다. 놀랍게도 루이보스 티이다. 생각보다 오래 들여다보고 있었던 듯, 정신을 차려 보니 켄이 재미있다는 듯 내 얼굴을 보고 있다.

"혹시 처음부터 내가 아들을 구하러 온 게 아니었다는 걸 알고 있었나요? 내가 그렇게 절박하게 케니를 찾을 때, 사실 당신 이름을 부르고 있었다는 게 우습지 않았나요?"

좀 전처럼 높은 톤은 아니지만 여전히 새된 목소리. 하지만 지금 내 감정은 엄밀히 말하면 분노는 아니다.

"미안하오. 내가 정말 나빴소. 하지만 놈들을 잡기 위해서는 그 여정을 끝까지 가야만 했소. 당신을 만나자마자 모든 걸 이야기해 주고 돌려보낼까 하는 생각이 없었던 건 아니오. 근데 그때 클롱떠이 시장 앞에서 당신이 생각하는 케니는 이 세상에 존재하지 않는다고 이야기했다면 믿었을 것 같소?"

"그건……."

당연히 받아들이지 못했겠지.

"하지만 당신에게 거짓말해서 그 멀고 힘든 길을 가게 하고 또 두리안에 끌려가 그렇게 맞고 다치게 했을 때 내가 얼마나 죄책감을 느꼈는지 알아요?"

"고생을 좀 하긴 했지만 내 일이었고, 무엇보다 당신 아니었으면 죽을 뻔했잖소. 그 한 발은 정말 환상적이었소. 아마 라오펑은 어깨 이하 팔 전체를 다 잃었을 거요."

"클롱떠이에서는 아니라고 해도 좀 더 일찍 말해 줄 수는 없었나요?"

"좀 늦었지만 여기 이렇게 와 있지 않소? 당신이 허상을 좇고 있다고 이야기해 주고 말면 그만인데, 굳이 그게 한 실재하는 인간에게 바탕을 둔 거라는 걸 알려 주고 싶어진 건 내게도 불가사의하오. 당신의 돈과 생명을 위험에 처하게 한 나야말로 죽을죄를 지었소만. 당신이 내 머리에서 떠나지 않았던 건 송구스러워서는 아니었던 것 같소."

아까부터 내 얼굴을 떠나지 않던 그의 시선이 잠시 달항아리 쪽으로 움직인다. 그의 말이 계속되기를 기다린다. 코끝에서 머릿속으로 새로운 향기가 들어온다.

"몇 달 전부터 태국을 비롯한 동남아 일대에서 온라인을 통해 유통되는 마약의 양이 급증해 왔소. 인터폴에서도 다국적 TF의 일원으로 수사를 돕고 있는데……. 혹시 며칠 전 부산항에서 대한민국 인구 전체를 취하게 할 수 있는 코카인이 적발되었던 건 뉴스로 봤소?"

난 고개를 주억거린다. 앵커가 '더 이상 대한민국은 마약 청정 국이 아닙니다!'라고 결론지었던 것도 생각난다. 켄의 이야기는 계속된다.

"그 사건 수사를 위해 출장 온 거요."

"마약 사건도 수사하나요?"

"내 입장에서는 사이버 범죄요. 그 코카인의 온라인 판매 경로 를 역추적해서 경찰과 세관에 정보를 공유해 준 것도 나 자신이 고."

"언제 돌아가요?"

"내일. 그래서 말인데, 지금부터 나랑 시간을 보낼 수 없냐고 묻는다면 무례한 거겠지?"

그는 미안한 눈빛으로, 하지만 짓궂은 표정으로 날 빤히 쳐다 본다. 남은 내담자가 세 명이나 있으니 안 될 일이다. 근데 안 된 다고 대답하지 않는다. 그리고 그녀의 목소리가 들린다.

《언니, 뭘 망설이는 거예요?》

망할. 왠지 매니의 목소리 뒤에는 웃는 표정이 있을 것 같다. 더 이상 미영의 얼굴은 아니었으면.

근데 왜 아까부터 그의 이야기가 하오체로 해석되어 들리는 거지?

log out_

세렌디피티

초판 1쇄 인쇄 2026년 1월 21일
초판 1쇄 발행 2026년 1월 21일

지은이 요기 허
편집 주자덕
윤문 및 교정 김미숙
발행인 주자덕
인쇄 미래피엔피
펴낸 곳 아프로스미디어
출판등록 제 2016-000073호
주소 서울특별시 성동구 금호로 173, 101동 904호
전화 02-6352-5133
팩스 02-6455-5891
홈페이지 www.aphrosmedia.com
전자우편 spitz70@aphrosmedia.com
ISBN 979-11-89770-69-3 (03810)

* 저작권법에 의해 보호를 받는 저작물이므로 무단전재와 무단복제를 금합니다.

* 투고는 언제든지 환영이니 이메일로 보내 주세요.

* 잘못 만들어진 책은 구입하신 곳에서 바꾸어 드립니다.

* 책값은 뒤표지에 있습니다.